KUNSTMANN

Bjørn Erik Sass

HERRENBESUCH

Roman

Verlag Antje Kunstmann

Für Iris

Da wussten die Frauen, dass sie gerettet waren.
John Steinbeck, Früchte des Zorns

1

Evelyn bekommt ihre Ohrfeige an einem Sonntagabend in der Küche unserer Wohngemeinschaft. Sie hat ja auch lang genug danach gebettelt. Damit nun nicht gleich am Anfang der falsche Eindruck entsteht, muss ich vielleicht noch dazu sagen, dass ich im Grunde gegen Gewalt bin, auch bei Frauen.
Tatsächlich bin ich sogar Feminist. Das behaupten zwar viele heutzutage, sie wollen sich gut stellen mit den Frauen, denn wer weiß schon, ob die nicht doch mal was zu sagen haben werden. Aber bei mir stimmt das wirklich, das mit dem Feminismus, das denke ich mir nicht nur aus.
Frauke, meine Homöopathin, denkt genauso, und die weiß nun hundertprozentig, wie es tief drinnen in mir aussieht. Sie würde auch niemals Witze über meine weibliche Seite machen. Ich habe sogar das Gefühl, sie freut sich darüber. Ich telefoniere jeden Donnerstag mit ihr, immer von 10 bis 11 Uhr. Das ist für meine Verdauungsorgane eine gute Zeit, über Probleme zu sprechen. Und diese Regelmäßigkeit, die ist auch sehr wichtig, die gibt meinem Alltag Struktur, und so können wir immer wieder sehen, ob ich Fortschritte mache. Ich hoffe, das wird später noch klar, warum ich meine, dass ich Fortschritte machen muss.
Die Geschichte unserer Wohngemeinschaft beginnt an einem warmen Freitag im April. Ich falte mein Feldbett zusammen, bürste meine Hüte und sortiere sie in ihre Koffer, ich lade meine

Sachen in meinen Passat und sage meiner Mutter und meinem Vater: »Lebt wohl, ich ziehe aus!« Ich fahre übrigens einen Kombi.
Meine Mutter weint. Mein Vater zieht zum vierten Mal die Spanngurte nach, mit denen ich meinen Schreibtisch auf dem Dach festgezurrt habe. »Öl und Bremsflüssigkeit kontrolliert, Kurt?«, fragt er. Dann geht er ins Haus. Meine Mutter fragt, ob ich meine dicke Daunendecke mitgenommen habe: »Hast du deine dicke Daunendecke mitgenommen, Buttjer?«
Ich sage, Mami, ich habe keine dicke Daunendecke. Sie weint noch mehr. Ich sage: »Horch mal – die Amseln singen. Vor ein paar Tagen sind die ersten Krokusse herausgekommen. Es wird Sommer. Niemand braucht jetzt eine dicke Daunendecke!«
Meine Mutter will mich noch einmal umarmen. Damit tue ich mich ehrlich gesagt immer ein bisschen schwer. Ich habe das auch mit meiner Homöopathin besprochen, und Frauke sagt, das kommt daher, dass ich von meiner Grundkonstitution her zwar ein Sulfur-Typ bin, aber mit starken Anteilen eines Sepia-Menschen.
Ich weiß gar nicht, worüber ich mich mehr freuen soll. Der typische Sulfur-Mensch, der wird in meinem Handbuch zur homöopathischen Selbsthilfe so beschrieben: »Rundlich und rotgesichtig oder schlaksig mit hängenden Schultern wirkt er schmuddelig, als ob er dringend eine Wäsche brauchte. Selbst in eleganter Kleidung sieht er gewöhnlich leicht schlampig aus.«
Und der Sepia-Typ, steht da, der neigt zu schlechtem Benehmen, er ist ein gefräßiger Esser, und er hasst Partys, rafft sich aber unter Druck zu Hochform auf. Besonders, wenn getanzt wird. Vor der Menstruation werden die Beschwerden schlimmer, lese ich weiter, weil Sepia-Menschen, das sind meistens Frauen.

Ich lasse mich nicht gern umarmen, so weit ist das richtig. Deshalb biege ich mich an dem Tag, an dem ich meine Eltern für immer verlassen werde, weich und anmutig wie eine Giraffe nach hinten und entgehe so dem Umklammerungsversuch meiner Mutter und steige in mein Auto.

Ich schaue noch einmal hoch zu der Rosenhecke, die ich pflanzen musste, nachdem ich die alte mit Kupfernägeln vergiftet hatte, und hinüber zu Rogers Grab, aus dem nun ein Walnussbäumchen wächst, das uns an unseren Cocker erinnert, der kein Spaniel, sondern ein Dänischer Springer war, auch wenn das nie jemanden interessiert hat.

Das ist es, denke ich, mein Elternhaus, und bevor ich zu sentimental werde und mir am Ende alles anders überlege, höre ich auf zu denken und starte den Vierzylinder. Mein Vater kommt aus dem Keller, öffnet die Heckklappe und wuchtet eine Werkzeugkiste in den Kofferraum. »Sind ein paar Sachen drin, die man immer mal braucht: Schraubendreher, Knarrenkasten, Phasenprüfer, ein paar Zangen, Hammer, Dübel, Schrauben, Akkubohrer, Kabelbinder, Isolierband, Stichsäge, und bis du das nächste Mal kommst, besorge ich einen Lötkolben und eine Flex. Musst ja jetzt alles selbst machen!« Ich bin gerührt.

Vielleicht hätte ich noch einmal ganz deutlich sagen sollen, dass ich doch nicht auf einer Ölplattform im Nordmeer wohnen werde. Das war nämlich immer so eine Idee von mir. Früher dachte ich, entweder werde ich Unterwasserarchäologe oder Rockstar oder eben Arbeiter auf einer Bohrinsel in der Nordsee.

Dann würde ich, stellte ich mir vor, zwei Wochen lang arbeiten wie ein Ochse, ich würde stinken und schwitzen und fluchen und Bilder von nackigen Frauen an meinen Spind kleben, mit einem Hubschrauber nach Hause nach Hammerfest fliegen, aus dem Ölzeug steigen, und eine Inga mit unglaublich hohen Wangenknochen und dicken Zöpfen würde an mir riechen, und sie würde sagen: »So, honey, what can we do to warm you up again?« Sie würde dabei lächeln, wie sie eben nur in Dänemark, Schweden und Norwegen lächeln können, und unter ihrer nachlässig geknöpften weißen Bluse würde ich ihren schwarzen BH sehr deutlich ahnen können, und ich wüsste genau, wie ich all dies zu verstehen haben würde.

Ich käme aus der Dusche und würde mich vor das Wohnzimmerfenster setzen. Von dort hätte man einen fantastischen Blick. Schweigend schaute ich über den Fjord, auf die ihm vorgelagerten Inseln und hinaus auf das offene Meer, das die schweren Winterseen des Nordatlantiks auf mich zu trieb. Inga käme, um mich abzutrocknen. Mir zuliebe hätte sie deutsch gelernt. Nach einer Weile würde sie leise fragen: »Würdest du mich vermissen, wenn ich morgen nicht mehr da wäre?« Ich würde nichts sagen. Sie würde sich noch fester an mich drücken und sagen: »Ich weiß, du erträgst mich nur, weil ich dich so sehr liebe!« Sie war schon eine tolle Frau. Und ich mochte ihren Akzent. Aber wir wüssten beide, dass das mit uns nicht für die Ewigkeit wäre. Heute Norwegen, morgen die Orkneys und übermorgen – wer wusste, was übermorgen sein würde. Das war mein Leben, so war der Job, und Inga machte sich keine Illusionen darüber. Das Meer war stärker. In meinem Kopf jedenfalls.

In meinem wirklichen Leben gibt es keine Inga mit hohen Wangenknochen und dicken Zöpfen, keine Helikopterausflüge und auch keine Bohrinseln. Ich habe keine Schwielen an den Händen, und wenn mein Auto Geräusche macht, kriege ich Sodbrennen vor Aufregung und bringe es in die Werkstatt. Ich

lege mich da nicht unter, das bringt mir nichts und tut dem Wagen bloß weh.
Und so wundere ich mich am Tag meines Auszugs über diesen Berg Werkzeug, den mir mein Vater als Aussteuer mitgibt auf meinem Weg in die Freiheit. Keine Ahnung, was ich mit diesem Schrott anfangen soll. Und wo ich ihn lagern soll, ist mir auch ein Rätsel. Soll Jens sich drum kümmern. Jens Lindemann wird mein Mitbewohner sein.
Ich ahne, was er jetzt gerade macht. Nur ein paar Kilometer von hier hat er vor dem Haus seiner Eltern seinen Passat beladen. Er fährt einen Stufenheck, und auch wenn ich das öffentlich nicht weiter bewerten will, ist damit ja schon eine Menge gesagt. Frau Lindemann, die Mutter von Jens, kocht ganz großartig. Sie reicht ihm einen Fresskorb durch das offene Beifahrerfenster. »Hier, Pondus, bisschen was zu knabbern, bis ihr euch eingerichtet habt!« Es werden mindestens zwei Salate, Braten, belegte Brote und natürlich Süßigkeiten in dem Korb sein.
Warum Jens zu Hause Pondus genannt wird, kann ich auch sagen: Als er noch ganz klein war, hatte er ein Lieblingsbuch. Es ging da um einen Pinguin, der Halsschmerzen hatte. Sein Pfleger lieh ihm deshalb einen Schal. Das war so ein typischer 70er-Jahre-Schal, knallrot und unglaublich kratzig, noch viel kratziger, als er warm aussieht. Den Pinguin schien das aber nicht zu stören, der wollte den roten Schal gar nicht wieder zurückgeben. Der Pinguin hieß Pondus, und weil Jens die Geschichte so gern mochte, nannten ihn seine Eltern Pondus.
Ich fahre los. Meine Mutter zieht ein Taschentuch aus dem rechten Ärmel ihres Lieblingspullovers, dem mit der Teddybärchenstickerei, den sie sich bei Alba-Moden, dem besten Mode-Katalog-Versand überhaupt, bestellt hat, und wedelt es

aufgeregt durch die Luft, als wolle sie mir ein paar Popel als Andenken hinterher schleudern. Ich sehe meine Eltern im Rückspiegel, und sie werden klein und kleiner.
In diesem Moment bin ich glücklich. Und doch spüre ich, wie sich in meine Aufbruchseuphorie auch Angst mischt. Vor mir liegt eine ungewisse Zukunft! Sicher, Jens und ich haben diesen Schritt sorgfältig geplant. Haben uns stundenlang ausgemalt, wie alles werden wird. Chancen und Risiken unserer zukünftigen Wohngemeinschaft gegeneinander abgewogen. Aber als jetzt an diesem warmen Aprilnachmittag das Haus meiner Eltern aus meinem Blick verschwindet, in einer Kurve der Straße, in der ich groß geworden bin, da bin ich plötzlich unsagbar einsam, und ich frage mich: Bin ich wirklich schon so weit? Haben wir den richtigen Zeitpunkt gewählt? Wie leicht kommt man als junger Mann im undurchschaubaren Dickicht der Kieler Großstadt unter die Räder. Ich halte mich zwar nicht für naiver oder wehrloser als andere. Aber hört man nicht immer wieder, wie manche Menschen – und ja, es sind auch Mädchen darunter, und sie sind nicht in der Minderheit! – wie manche Menschen die Unerfahrenheit von Landeiern wie mir ausnutzen, mit ihren Erwartungen und Gefühlen spielen und sie dann fallen lassen, weil das Leben in der Stadt so unendlich viel schneller und härter gelebt wird als in unserer beinahe dörflichen Beschaulichkeit. Ist es nicht vielleicht doch noch zu früh, das sichere Nest meiner Eltern zu verlassen?
Ich bin doch erst 26.

2

Nach zehn Minuten Fahrt biege ich in die Lerchenstraße ein. Ich parke hinter Jens' Passat vor dem Haus Nummer 36 und sehe ihn in seinem Wagen sitzen und Stullen essen, und diese bösen Gedanken und Ängste verschwinden sofort aus meinem Kopf. Ein paar Minuten später stehen wir in unserer Küche.
»Getränk?«, fragt Jens. Ich nicke, und mir wird warm ums Herz. Er hat dran gedacht. Unser Kühlschrank ist noch ganz leer, ich habe noch nicht einmal meine Bachblüten-Ampullen eingeräumt, aber weiß Gott, wir werden nicht wie Studenten leben. Eine Flasche Bombay Sapphire Gin, Tonic-Wasser, eine Zitrone und Eis – so viel Haushalt muss einfach sein.
Wir trinken unsere Gin Tonics, und ich esse einen Riegel Lindt Vollmilchschokolade und spüre die Kraft, die von diesem Augenblick für mein ganzes Leben ausgehen wird.
Jens schwenkt gedankenverloren sein Glas. Leise klirrt das Eis. Das hat, vielleicht darf ich das noch erwähnen, die Gestalt von kleinen Wikingerschiffen, und die Form für diese Eiswürfel haben wir in den Ferien auf Island gekauft.
Nach einer ganzen Weile Schwenken und Starren teilt Jens endlich seine Gefühle mit mir. »Wenn ein Wikinger ein neues Zuhause suchte, segelte er weit hinaus auf das Meer. Er warf die Beine seines Lieblingsstuhls über die Reling des Schiffes und folgte ihnen, bis sie von der Strömung an einen schönen Ort

getrieben wurden. Dort baute er sein neues Haus. Diese Wohnung ist so ein schöner Ort. Es ist nicht weit zur Universität, und es ist nicht weit zu den Kneipen und Clubs der Innenstadt. An der Ecke ist ein Döner-Laden, Aldi und Kaisers sind auch ganz nah, und im Sommer werden wir gerade 15 Minuten an den Strand brauchen, um zu sehen, wer seit dem letzten Sommer wieviel zugenommen hat. Dies ist der richtige Platz, Kurt. Überall Frauen und wir mittendrin. Hier können wir endlich das Leben führen, für das wir gemacht sind. Prost!« – »Du hast natürlich vollkommen Recht«, sage ich, »aber vielleicht sollten wir unsere Ansprachen in Zukunft kürzer halten und etwas weniger stark den historischen Bezug suchen. Diese Wikinger-Scheiße hört sich doch keine Frau an. Die werden schreiend weglaufen, wenn du damit anfängst. Lass uns essen!«
Wir setzen uns an den Küchentisch und essen, und sofort kommt eine wahnsinnige Ruhe über uns, denn unsere Küche ist ganz sicher einer der gemütlichsten Orte der Welt. Das kommt daher, glaube ich, dass sie in der Mitte der Etage liegt. Hier laufen positive Strömungen aus allen Richtungen zusammen, so erkläre ich mir die ausgleichende Wirkung unserer Küche.

Das Haus hat, wenn man oben drauf schauen könnte, in etwa die Form eines U's. Der linke, längere Balken liegt vorn, an der Straße. Hier wohnen Jens und ich, und für das dritte Zimmer müssen wir noch einen Mitbewohner finden. Zwischen der Eingangstür und unseren Zimmern gibt es einen kleinen Flur. Hier steht eine Couch und daneben das Telefon mit 25 Metern Kabel. So können wir beim Telefonieren auf der Couch sitzen oder umherwandern, denn mit dieser Masse Kabel können wir jeden

Punkt der Wohnung fernsprechend erreichen. Jens wollte natürlich ein kabelloses Telefon. Aus gesundheitlichen Gründen musste ich leider dagegen halten. »Schon mal etwas von Elektrosmog gehört?«, fragte ich ihn, denn ich kriege rasende Kopfschmerzen, da brauche ich mir so ein Ding nur eine Minute ans Ohr drücken. »Willkommen im 21. Jahrhundert!«, sagte Jens beleidigt. Im hinteren Wohnbereich der Etage hat Enno Stasuhn, den alle nur Stasi nennen, zwei Zimmer und ein Bad. Seine und unsere Wohnung verbindet ein weiterer Flur, der ist 14 Meter 86 lang, 1 Meter 39 breit und fensterlos. Von ihm gehen Stasis Eingangstür ab und unser Badezimmer und die Küche. Die gehört eigentlich nur uns, aber Stasi ist Wellenreiter, und er weiß sehr viel und wir wollen von ihm lernen, und deshalb darf er sie mitbenutzen, unsere Küche.

Ein Wort zur Kücheneinrichtung: Die haben wir uns ursprünglich auch anders vorgestellt.

Es nützt ja nichts, jetzt zu jammern, Frank Beck hat uns betrogen, als er sagte, er hätte eine super Einbauküche an der Hand, top-modern, echtes Holz und alles fast umsonst. Nein, das nützt nichts, weil wir diesen versifften Haufen Pressspan mit Eicheimitatlaminat ja gesehen haben, bevor wir Frank Beck das Geld gegeben haben, und ich mag immer noch nicht sagen, wieviel Geld er dafür bekommen hat. Sicher, blöd geguckt haben wir, als wir auf den Hof fuhren und dieses regenweiche Gerümpel aus Schränken, Brettern und Tüten mit Schrauben gesehen haben. Jens fragte noch: »Ist das dein Ernst? Du willst uns verarschen, oder?« – »Nee, Mann, die könnt ihr wirklich haben. Finde ich gut, dass sie euch gefällt. Hier, die Dunstabzugshaube, die gehört eigentlich nicht dazu. Die gebe ich euch noch oben drauf.«

Frank Beck ist auch Wellenreiter, und darum wollten wir seinen Sachverstand, wenn es um Einbauküchen geht, auf keinen Fall in Frage stellen. Anders kann ich mir heute nicht erklären, warum wir damals ohne weiteres Zögern das Geld rausrückten und den Sperrmüll auf den Hänger luden, den wir hinter meinen Passat geklemmt hatten. Es dauerte eine Woche, das Zeug zu waschen, zu reparieren und in unsere Küche einzupassen. Und vorher mussten wir ja erst noch den Boden fliesen. Aber nun steht alles und sieht doch wahnsinnig heimelig aus. Wenn man hereinkommt, stehen und hängen die Schränke und der Herd und ein Kühlschrank an der kurzen linken Wand. Dann haben wir eine extrem einladende Sitzecke mit Blick aus dem Fenster, auf den zweiten Kühlschrank mit dem Fernseher oben drauf, auf den Balkon und auf die Nackige des Monats. Ich weiß, das ist jetzt kein Knüller, so ist das eben in WGs, Massendynamik, Gruppenkompensation, aber es geht ja auch darum, unser Elend im fahlen Licht seiner Durchschnittlichkeit zu sehen – jedenfalls haben auch wir gern zu den H&M-Bushaltestellenpostern gegriffen und sie uns in die Küche geklebt, wenn woanders nichts zu kriegen war.
Und dann an diesem allerersten Abend in unserer ersten eigenen Wohnung, da sitzen Jens und ich also in unserer Sitzecke, und wir essen und trinken Gin Tonic, und als die Flasche Sapphire fast leer ist, da stehe ich auf und sage: »Jens, wir wissen beide, warum wir hier sind. Lass es uns mal deutlich aussprechen: Ich bin 26 und habe noch nie gevögelt, und du bist 27 und in der Beziehung noch keinen Schritt weiter.« Ich sehe, wie Jens vor Scham tiefer in die Bank rutscht.
»Wir haben jetzt eine WG«, fahre ich fort, »und wir haben genug gehört und gelesen und in Filmen gesehen, was da alles

abgeht in Wohngemeinschaften. Es wird hier rund gehen. Wir werden aufholen. Schwacher Start, starkes Finish. Und dieser Küchentisch wird unser Zeuge sein. Wer hier zuerst einen Stich landet, der soll in das linke vordere Tischbein eine Kerbe sägen. Darauf ein Glas!«

Wir stoßen an, aber irgendwie merke ich, dass es Jens gar nicht recht ist, dass ich so offen über unser Dilemma plaudere. Und genau genommen ist das auch ziemlich grauenhaft, was ich da gesagt habe, ich meine, wie kann man so von Frauen und von der Liebe sprechen. Das klingt ja beinahe, als würde ich sie suchen wollen, um meine Kerbe in den Tisch zu bekommen. So war das natürlich nicht gemeint. Ich meine bloß, dass man ein Problem nur lösen kann, wenn man es auch als solches erkennt und offen anspricht. Frauke, meine Homöopathin, denkt da ganz genauso. Deshalb: ja, ich bin 26 Jahre und habe noch nie mit einer Frau geschlafen. Ich war noch nicht so weit. Aber das wird sich jetzt ändern. Ich werde meinen Körper nun nicht mehr lange nur für mich behalten. Und, kaum ausgesprochen, geht es mir schon besser.

Ein paar Minuten später stockt mir meine Zuversicht für einen Moment. Jens hat sich schlaffertig gemacht und will ins Bad. Er trägt einen hellblauen Schlafanzug, noch von seiner Mutter gebügelt. Hellblauer Schlafanzug, das ist ja an und für sich nichts Ehrenrühriges. Ich schlafe gern nackt, Jens in hellblauen Schlafanzügen. Deshalb ergänze ich zu seinem Modell: Bundeswehr. Jens ist seit sieben Jahren nicht mehr bei der Bundeswehr, aber deren Pyjamas trägt er immer noch. Und wie ich ihn so vor mir auf dem Flur sehe, Hose zu kurz, Oberteil auch zu kurz, aber viel zu weit, dafür bis zum obersten Knopf geschlossen, nahezu blind, weil brillenlos, dazu Badelatschen in neongelb und rot mit leicht fluoreszierendem »Happy Beach Life«-Aufdruck, da sehe ich vor mir einen Wehrpflichtigen, und ich frage mich, wie um Himmels Willen er in diesem Aufzug jemals eine sehende, fühlende, vernünftige Frau ins Bett bekommen will. Das ist mir wirklich ein Rätsel.

Wie ich meine Kerbe in das Tischbein bekommen soll, ist mir aber auch noch nicht ganz klar. Ich meine: Wo? Mein Feldbett ist gerade mal so breit wie ich, und ich habe weder einen Kamin noch ein Eisbärfell. Und das sind ja alles nur Kleinigkeiten im Vergleich zu meinen wirklichen Problemen. Wenn ich ganz ehrlich sein darf, habe ich nämlich den Verdacht, dass man mich wegen meiner Jungfräulichkeit für einen Spätzünder halten könnte. Und am Ende liegt es ja auch nicht nur am schmalen Bett, überlege ich manchmal. Nicht, dass ich noch nie Gelegenheit gehabt hätte. Aber irgendwie gelang es mir noch nie, Kopf, Körper und Seele in der entscheidenden Minute gemeinsam auf den Vollzug dieses einen Aktes einzuschwören.

Das habe ich natürlich auch mit Jens besprochen, warum das wohl so ist. Mit wem sonst hätte ich auch darüber reden sollen? Ich habe zwar keine Freunde, aber Jens ist immerhin mein ältester guter Bekannter. Mein Opa hat schon das Haus seines Opas tapeziert. Also habe ich ihm erzählt, wie das mit Svenja war. Da war ich 17, sie auch, und sie war meine erste Freundin, und ich glaube, ich mochte sie wirklich gern.

Es lief eigentlich alles super mit uns. Ich wohnte auf dem nördlichen Ufer der Förde, in Holtenau, sie in Laboe, im Osten, und von ihrem Fenster aus konnte sie das Marineehrenmal sehen. Sie ging aufs Gymnasium, und in ihren Briefen erzählte sie mir vom Ärger im Kunstleistungskurs, dass der blöde Herr Thieme Kathrin wieder mehr Punkte gegeben hat, obwohl die doch nun

wirklich keinen Schimmer davon hat, wie man einen Pinsel führen muss, und Andreas aus dem Deutschkurs hat ihr in der Freistunde zwei Mark für eine Bifi und einen Kakao geliehen, weil sie ihr Portmonee zu Hause vergessen hat, aber sie glaubt trotzdem nicht, dass er was von ihr will. Solche Sachen hat sie mir geschrieben. Und für mich war das alles natürlich sehr, sehr spannend, denn ich ging nicht aufs Gymnasium, und ich hatte keinen Kunstunterricht und niemals Freistunden, denn ich musste ja arbeiten. Ich machte eine Lehre. Zuerst wollte ich Bademeister werden, aber ich bekam eine Allergie vom Chlor und Schweißfüße von den Badelatschen. Herr Jäger vom Arbeitsamt fragte, was ich nun machen wolle. Ich hatte keine Ahnung. »Keine Ahnung!«, murmelte ich betreten. Er nahm mein Schulzeugnis, sah hinein, verzog seinen Mund, schloss das Heft und schob es schnell zurück auf meine Besucherseite des Tisches, als hätte er Angst, das Elend aus dieser schmalen Kladde könnte sonst hinüberschwappen in sein Renault Kangoo-Reihenendhaus-Glück.
Plötzlich schien dieser nette, hilfsbereite Sachbearbeiter sehr müde und traurig und enttäuscht, und das tat mir Leid. Er hatte mir einen schönen neuen Job besorgen wollen, einem jungen Menschen zu einer aufregenden, ausfüllenden Lebensperspektive verhelfen wollen, und wäre ich mein Schulleben lang nur etwas fleißiger gewesen, dann hätte das bestimmt auch geklappt, aber mit meiner Faulheit und Disziplinlosigkeit hatte ich ihm nun seinen schönen Plan und den ganzen Tag versaut. Schweigend betrachteten wir uns eine Weile.
Draußen war ein schöner Tag, aber ich spürte, wie hier drinnen alles grau wurde. Da war mit einem Mal gar nichts Positives mehr in diesem Amtszimmer. Ich sah zu, wie der Benjamini ver-

staubte und welkte. Und diese humorvollen Zeichnungen, die den Arbeitsalltag karikieren und wie in jedem deutschen Büro mies kopiert auch in diesem hingen – ich fand sie nicht mehr lustig. »Bitte nicht hetzen – wir sind doch nicht auf der Flucht!«, las ich und »Man muss nicht dämlich sein, um hier zu arbeiten. Aber es erleichtert die Sache ungemein.« – wie sollte ich darüber noch schmunzeln können? Jetzt war doch klar, dass ich mir die Aussicht auf eine anständige Arbeit, die ja immerhin die Grundlage dieser Witze ist, mit meinen Zensuren gründlich versaut hatte.

»Viel bleibt Ihnen mit Ihren Noten ja nicht«, sagte mein Arbeitsamtmann und schüttelte den Kopf. »Vielleicht finden Sie noch einen Ausbildungsplatz als Industriekaufmann.« So kam es, dass ich bei der MaK in Friedrichsort Kaffee kochen lernte (»Immer eine Prise Salz drauf, Junge!«). Ich kopierte tagelang die Beschaffungslisten für U-Boot-Front-Sektionen, und wenn ich wieder mal bewusstlos zusammengebrochen war vom Einatmen der Kopiererfarbe, durfte ich zur Abwechslung in denselben heißen, ungelüfteten Kellerräumen die verschiedenen Teile von Motorzeichnungen aneinander kleben, denn diese mittelschnelllaufenden Diesel sind es ja, die das Unternehmen, die MaK, weltberühmt gemacht haben.

Besonders gut ist mir die Klebe aber auch nicht bekommen. Ich hatte oft schreckliche Kopfschmerzen von den Dämpfen, und weil ich damals noch nichts von der Naturheilkunde wusste, habe ich Aspirin geschluckt. Das hat mir die Magenschleimhaut ruiniert. Meinen Körper von den Belastungen dieser Ausbildung zu entgiften und zu stabilisieren, macht mir immer noch zu schaffen. Heute würde ich natürlich einfach Nux Vomica nehmen. Aber heute bin ich ja auch nicht mehr Industriekaufmann, weil Industriekaufmann, wie soll ich das sagen, das ist man ja auch vom Kopf her. Zumindest, wenn man erfolgreich sein will in diesem schönen Beruf. Für mich hatte diese Ausbildung den Vorteil, dass die Firma ein Ausgangstor zum Wasser hin hatte und gleich neben dem Tor gab es einen Anlegesteg der Fördedampfschifffahrtsgesellschaft. So konnte ich 15 Minuten nach Feierabend bei Svenja in Laboe sein. Zweimal in der Woche machte ich das. Ich halte mich zwar für alles andere als spießig oder kleinkariert, aber ich mag es gern, wenn die Wochen eine gewisse vorhersehbare Form haben. Also holte mich Svenja, meine erste Freundin, dienstags und freitags vom Dampfer in Laboe ab. Wenn es regnete, hatte sie den großen, englisch gestreiften Regenschirm ihres Vaters dabei. Unter den passten wir dann alle beide, und wenn ich sie so gewappnet am Steg warten sah, dachte ich immer, nun kann ja wirklich gar nichts mehr schief gehen.

Von mir aus hätte das noch eine Weile so weiter gehen können mit uns, sie holt mich vom Schiff ab, ihre Mutter macht Nudelauflauf, und ihr Vater lächelt freundlich. Aber ich hatte ja erzählen wollen, was Svenja damit zu tun hat, dass ich neun Jahre später, mit 26, bei meinen Eltern ausziehe und sexuell immer noch etwas, sagen wir, unerfahren bin. Das kam so, dass Svenja und ich einmal ganz allein waren im Haus ihrer Eltern. Es war Silvester, draußen Sturm und Regen, wir beide in ihrem Zimmer, Kerzen, Sade, neben uns eine halbleere Flasche »Baron de Bellac«, wir waren kaum länger als ein Jahr zusammen, aber sie wollte nicht mehr warten.

»Willst du gar nicht mit mir schlafen, Kurt?«, fragte sie. Und ich? Ich kriegte einen Heidenschreck und einen ziemlich schlimmen Asthmaanfall, ich floh nach Hause, nahm ein paar tiefe Züge aus meinem Inhalator und weinte mich in den Schlaf, denn ich weine leicht und viel, und ich weine gern.

Eine Woche später war Schluss mit Svenja. Obwohl es so prima angefangen hatte mit uns. Und wir haben auch nicht mehr miteinander geschlafen. Ich stand auf meinem Lebensweg damals an einer Gabelung. Geradeaus führte eine wunderschöne, landschaftlich abwechslungsreiche Straße zu einem würdevollen Sexualleben. Ich wählte den Fußweg aus Waschbetonplatten, und wenn dieser trostlose Pfad überhaupt irgendwohin führte, dann höchstens zum Katheterwechsel ins Altersheim. Warum ich damals verzichtet habe, ist mir heute noch nicht klar. Frauke, meine Homöopathin, sieht das ganz pragmatisch: Sie sagt, ich war eben noch nicht so weit. Ingo ist da strenger. Jens und ich verbringen viel Zeit mit Ingo Schröder. Ingo Schröder ist ja erst einmal ein unendlich langweiliger Name, und ich glaube, Ingo war deshalb manchmal ziemlich verzweifelt, und er hat eine Menge Dinge unternommen, damit sein Leben nicht so unendlich langweilig wird wie sein Name. Davon abgesehen ist Ingo Schröder Jens' und mein bester gemeinsamer Bekannter. Und wenn es um Frauen geht, ist er viel weiter als wir. Wenn ich zu Jens an unserem WG-Eröffnungsabend sage, unser Motto soll jetzt sein »Schwacher Start, starkes Finish«, so wäre Ingos Leitsatz »Blitzstart, Spurt, Tempo halten«.

Er hat mit 14 angefangen und das gleich noch, als hätte er gar keine Angst vor Klischees, mit der Nachbarin seiner Eltern. Vielleicht ist das in den vornehmeren Strandvororten unserer Stadt aber einfach so, versuchen Jens und ich uns zu trösten. Ingos Vater ist ja immerhin Anwalt. Jens' und mein Vater, die haben beide Schlosser gelernt, zusammen bei HDW, und später waren sie auf der Maschinenbau-Ingenieurschule.

Ingo fasst meine verpatzte Beischlafgelegenheit mit Svenja so zusammen: »Du bist eine feige Sau!« Das Traurige ist: Ich kann ihm dafür auf die Schnauze hauen. Er ist viel kleiner als ich. Aber recht hat er wohl trotzdem.
Von Ingo bekommen wir ziemlich nette Geschenke zur Einweihung. Wir sitzen dazu in der Küche und bedanken uns auch gleich noch mal für den Tisch. Das ist so ein richtig klassischer Küchentisch aus schwerem Holz, weiß lackiert, und Ingo hat ihn seiner Oma abgeschwatzt. Sie hatte den Tisch im Keller stehen und sortierte darauf ihre Wäsche. Wir mussten nur noch ein PVC-Tischtuch draufkleben. Jens wollte ein schwarzes, aber ich sagte ihm, schwarze Tischtücher, das ist so was von 80er, und als er dann zur Vorlesung musste, habe ich bei Karstadt ein Tischtuch mit großen Gute-Laune-Blumen gekauft und mit Pattex auf den Tisch geklebt. Jens findet meine Wahl zwar immer noch scheiße, aber weil er noch sparsamer als geschmacklich unsicher ist, fand er sich schnell mit dem Tuch ab.
Ingo reicht uns aus seinem großen Einweihungsgeschenke-Karton zwei kleine Päckchen. Wir reißen das Papier herunter. Es sind Kondome. Ingo kennt natürlich unser Problem. War wohl nicht zu übersehen, wie dumm wir uns in den letzten Jahren angestellt haben und wie wenig Erfolg wir mit unseren verschiedenen Feminismus-Methoden hatten. Freut uns, dass Ingo mit diesen Kondomen signalisiert, dass er auch glaubt, dass nun alles besser wird. »Für die Anwendung beim vaginalen Geschlechtsverkehr!«, lese ich vor. Wir kichern. Ingo reißt uns die Päckchen aus den Händen. »Oh, tut mir Leid, da muss ich mich vergriffen haben. Kinderschokolade, ich wollte euch Kinderschokolade mitbringen. Mit den Dingern könnt ihr ja gar nichts anfangen!« Er greift wieder in seinen Karton. Salz, Brot,

einen Pfennig. »Super«, sagt Jens, »wie einfallsreich von dir! Bist ein echter Freund!«

Ich denke daran, wie ich Ingo zum ersten Mal gesehen habe. Das war im Sommer am Strand. Damals ging ich nur selten an den Strand. Im Winter machte ich gern dort Ferien, wo es richtig kalt war, im Sommer lieber dort, wo es nicht so heiß war. Mein Kreislauf, die Bronchien – ich vertrug Hitze nicht besonders gut. Und ich mochte nicht nackt sein. Noch nicht einmal ohne T-Shirt mochte ich sein. Ich genierte mich. Er kam mir noch so unfertig vor, mein Körper, ohne dass ich wusste, worauf ich überhaupt wartete, was sich da noch ändern sollte. Wenn es sehr heiß war, zu heiß, um im Garten zu sitzen, und auch zu heiß in meinem Zimmer, legte ich mich im Keller meines Elternhauses auf eine Campingliege und las. Aber manchmal, sehr selten, ließ ich mich von Jens doch überreden, an den Strand zu gehen. Ich wollte mich nicht endgültig ins gesellschaftliche Abseits stellen, noch nicht, nicht so jung.

Wir lagen immer an derselben Stelle, in Schilksee an der Uhr beim DLRG-Häuschen. Das ist eine ganz zentrale Stelle im Leben vieler junger Kieler. Die Leute um uns herum, die kannten wir alle mehr oder weniger. Wie man sich eben kennt in einer kleinen Stadt. Jens ging mit ein paar Jungs auf die Promenade überm Strand, um von dort wassergefüllte Luftballons herunter zu werfen. Das machte ihnen einen Riesenspaß. Ich las in meinem neuen Buch »Odin – ein Gott auf der Couch«, in dem der Psychoanalytiker Horst Obleser die psychologische Entstehungsgeschichte der germanischen Gottheit untersucht.

Ich wachte mit starken Ohrenschmerzen auf. Meine Ohren sind sehr empfindlich. Ich kann hervorragend hören und alles, nur hohe Töne, die tun mir weh. Ich bin da ein bisschen wie ein

Hund. Vielleicht wie ein großer, ungelenker, strubbeliger Irischer Wolfshund. Ich wachte also auf, und meine Ohren taten so sehr weh, dass ich nicht einmal orten konnte, woher dieses schreckliche Geräusch kam. Scheiße, jetzt legte auch noch eine zweite Sirene los. Der Russe konnte es nicht sein. Die Schmerzen in meinen Ohren, die gleißende Sonne, gerade erst aufgewacht – ich war vollkommen orientierungslos. Ich richtete mich ein wenig auf und drehte mich im Sitzen auf meinem Handtuch.

Zwei Meter neben mir standen Kristin und Erja. Beide an und für sich nette Mädchen. Erja ist später sogar zum Fernsehen gegangen und erklärte dort der Nation, dass ihre Weißwäsche mit Hilfe der Mega-Perls strahlend sauber geworden ist, auch bei 60 Grad. Keine schlechte Karriere für eine Kielerin. Nun aber guckten beide aufgeregt aufs Meer.

Ungefähr 50 Meter vor dem Schilkseer Strand wurde eine künstliche Mole aufgeschüttet, um die Badenden vor Wellen zu schützen, die in der Kieler Förde bekanntlich häufig Größe und Gefahrenpotenzial pazifischer Tsunamis annehmen. Erjas ausgestreckter Arm wies auf die Mole. Sie hatte ziemlich große Brüste, aber viel zu dünne Arme. »Guckmada, guckmada, guckmada«, schrie sie, wieder in diesem Ultrafrequenzton, und wieder taten mir die Ohren weh und ich dachte, gleich passiert es, gleich ist mein Trommelfell durch, gleich läuft mir die ganze Soße aus dem Ohr aufs Handtuch. »Da isser, das isser, da isser: Ingo Schröder!« Dann fiepten sie und Kristin wie Robbenbabys, die ihre Mutter verloren haben, allein in der Weite der Arktis, bitte-bitte, nimm mich mit. »Der hat die schönsten blauen Augen der Welt!« – »Und sein Bauch, hast du seinen Bauch gesehen? Ein Waschbrett. Da kannst du Karotten drauf raspeln.« Und seine Haare und sein Lächeln und seine Hände und das

Wasser auf seiner braunen Haut. Sie scharrten mit den Füßen und gruben so eine kleine Kuhle in den Sand, und dann kauerten sie sich zusammen hinein. Das machten sie, wenn sie einen Typen ganz besonders toll fanden, und sie nannten es ›ein Nest bauen‹.
Der Ausdruck ihrer Begeisterung für einen Mann kannte nur noch eine Steigerung, und die sah so aus, dass sie erst das Nest bauten und dann an diesem Typen vorbei gingen und ›Hallo, Schatz!‹ sagten. Neid oder nicht, Erjas und Kristins Euphorie schmerzhaft in meinem Ohr, beschloss ich, Ingo Schröder nicht zu mögen. Ist dann aber anders gekommen, und so sitzt er in unserer Küche und gratuliert uns zu unserem Auszug. Er findet es nicht normal, dass man erst mit 26 und 27 bei den Eltern auszieht, und alles andere auch nicht.
Wir bekommen jeder noch ein Päckchen von ihm. Wir packen aus: Bettwäsche. »Toll«, sagt Jens, »muss ich mir dieses Jahr zu Weihnachten keine von meiner Oma wünschen!« – »Sieh genau hin, bevor du moserst, Vier-Auge!« Und tatsächlich: auf den ersten Anschein harmlose weiße Baumwolle, zeigt sich der Clou beim Auseinanderfalten. Ingo hat etwas auf die Kopfkissen drucken lassen. »Ihr kriegt das doch nicht gebacken mit den Hühnern, Jungs! Und ich dachte, ihr braucht Trost, wenn ihr auf eure Profi-Single-Matten steigt!« Auf den Kopfkissen steht groß ›Onanie ist kein Verbrechen‹.

3

Wir fangen vorsichtig an in unserem neuen Zuhause. Zu einem ersten Frauentauglichkeitstest laden wir Antje und Siggi ein. Die beiden kennen wir fast seit immer. Jens hat ihnen versprochen, dass ich kochen werde und dass er für danach genug Schokolade gekauft hat. Sie werden also auf jeden Fall kommen. Das ist überhaupt nicht so fies gemeint, wie es vielleicht klingt, aber die beiden stehen schon extrem auf Essen. Selbstverständlich bekommen sie bei uns nur Spitzenqualität geliefert, aber noch wichtiger ist ihnen, dass es viel gibt.

Ich kannte ja immer nur Frauen, die gern aßen, aber Antje und Siggi schlagen sie alle. Deshalb habe ich mir diesmal etwas ganz Besonderes ausgedacht. Macht ja viel mehr Spaß, für jemanden zu kochen, der mit Genuss isst und beim Kauen nicht die Kalorien mitzählt. Kurz vor 20 Uhr habe ich alles fertig vorbereitet. Jens geht duschen. Er duscht mindestens zweimal täglich, nach dem Aufstehen und zum Schlafengehen. Bei Bedarf aber auch öfter. Weil er heute Mittag schon einkaufen war – anschließend: Duschbesuch, die zweite! – und eben die Küche gefeudelt hat, ist dies also seine dritte Dusche. Das kommt mir fast schon etwas zwanghaft vor. Ich bitte ihn, darüber mit Frauke, meiner Homöopathin, zu sprechen. Jens regt sich fürchterlich auf und fragt mich, ob ich ihn etwa für bekloppt halte. »Hältst du mich etwa für bekloppt? Was soll das heißen,

red mal mit Frauke? Was hab ich mit deiner Kräuterhexe zu reden? Mir geht's gut!« Der Badezimmerschrank fällt von der Wand, weil sich Jens beim Zuschlagen der Tür so sehr ärgern muss. »Natürlich bist du nicht bekloppt«, versuche ich ihn zu beruhigen, »aber ein Gespräch mit Frauke könnte dir nicht schaden. Du machst ja deine ganze Haut kaputt mit dieser ewigen Duscherei. Nimm hinterher wenigstens eine anständige Lotion!« – »Eine anständige Lotion!«, äfft Jens mich nach. »Verschon mich mit deinen spiritistischen Spinnereien!«, brüllt er, und dann wirft er mir diesen Blick herüber, und für einen winzigen Moment sehe ich darin wieder seine ganze Verachtung, dafür, dass ich mich so intensiv mit psychischen Problemen und solchen Dingen beschäftige.
Jens wird Maschinenbauingenieur wie unsere Väter und Großväter, alles Männer, die an das Greifbare und Machbare glauben und sonst an gar nichts. Dass ich, ein erwachsener Mann, an die Homöopathie glaube und an Bachblüten und an die wöchentliche Gesprächstherapiestunde mit Frauke, dass ich regelmäßig Yoga mache und meditiere, das will ihm nicht in den Kopf. Aber egal, wie sehr ihn das manchmal ärgert – lange sind wir uns nie böse. Ich bin ja harmoniesüchtig. Und außerdem kennen wir uns viel zu lange. Die peinlichsten Situationen, in denen ich je steckte – Jens war dabei. Als ich auf Island eine schwere Blasenentzündung bekam, vom Pinkeln im Freien kam das und vom Wind und von der Kälte – Jens hat es miterlebt. Freute sich wie ein kleiner Junge, wie ich da in der Apotheke stand und nach Kürbiskernen fragte und das Pharmamädchen mich nicht verstehen wollte und ich ihr mein Problem schließlich pantomimisch erklärte. Sie war mir so hübsch vorgekommen, die Apothekerin, lange Zöpfe, rundes

Gesicht und auch sonst keine Kanten. Krank, verzweifelt und gedemütigt wie ich war – meine Vorväter waren Wikinger, und ich habe eine Blasenentzündung, und sie tut weh! –, schien sie mir die Rettung. »Bei der ist bestimmt warm!«, flüsterte ich Jens zu. »Blasenentzündungen sind ja auch nicht sehr sexy«, sagte Jens, und er sprach wie immer viel zu laut, und vor allem sagte er es auf Englisch: »Not so sexy! Drip, drip, drip!«
Und Jens stand neben mir, als Yvonne, meine Schwester, eine Party gab, und ich nach dem zweiten Gin Tonic dachte, ich sollte versuchen, ihre Freundin Mai-Britt näher kennen zu lernen. Aber dann erzählte Yvonne allen – es wurde fürchterlich still dabei –, wie sie vor vielen Jahren eine Packung Kondome im Batteriefach meines Kassettenspielers gefunden hatte. So, wie sie die Geschichte erzählte, stand ich da wie jemand, der Präservative ausschließlich zum Wasserbombenbau einsetzt. Ich blickte in die Gesichter der Umstehenden. Einen Verdacht, ich hätte auch nur die leiseste Ahnung, welchen Zweck Kondome gelegentlich noch erfüllen, konnte ich nirgendwo entdecken. Dass ich die Dinger tatsächlich gekauft hatte, um sie zur Probe überzustreifen, interessierte wahrscheinlich niemanden mehr. Ich begnügte mich mit der traurigen Erkenntnis, dass die Wahrheit wieder einmal tendenziöser Berichterstattung zum Opfer gefallen war, und lächelte gequält. Was hätte ich auch tun können? Meine Version auch noch an die Öffentlichkeit bringen und so eine Peinlichkeit durch eine größere toppen? Hatte ohnehin nicht wirklich funktioniert, die Dinger waren viel zu groß, und ich begriff erst später, dass in den meisten Fällen eine Erektion nötig ist, sie auszufüllen. Wann immer also ich mich fürchterlich blamierte – Jens lachte mit. Und weil ich ihn genauso gut kenne, sind wir zusammengezogen. Wir müssen uns

nicht erst Verschwiegenheit versprechen. Das Detailwissen, das jeder über den anderen hat, garantiert auch unausgesprochen wechselseitige Diskretion.
Jens hängt den Badezimmerschrank wieder auf und wäscht sich danach die Hände, wie er es immer macht, wenn er etwas vom Boden aufhebt, mit Kernseife bei leichten Fällen und Profi-Handwaschpaste, die in kleinen Tuben in der Küche und im Bad für ihn bereit steht, wenn er schlimmere Verunreinigungen vermutet. Dann ziehen wir uns um und kontrollieren noch einmal, ob die Wohnung aufgeräumt ist.
Damit das jetzt nicht falsch verstanden wird: Antje und Siggi sind für uns sehr gute Freundinnen. Mehr nicht, und da machen wir uns auch überhaupt keine Illusionen. Es geht hier also nur um einen netten, geselligen Abend. Trotzdem: Als die beiden klingeln, wird mir schlecht vor Aufregung. Ich kenne das schon. Wenn ich jetzt nicht sofort etwas unternehme, bekomme ich gleich diese nervösen Darmkrämpfe. Ich nehme schnell ein paar Tropfen Rescue Remedy. Das ist eine Bachblütenmischung, die in schwierigen Situationen hilft, den Überblick nicht zu verlieren. In meinem Zimmer lege ich eine Kassette mit dem Maha Mrtyunjaya Mantra ein und gehe in die Schaschangasana, die Kaninchenpose, und keine Minute später merke ich – alles easy. Kopf und Magen sind wieder klar, die Panik ist verschwunden, und meine Herzfrequenz beruhigt sich auch sehr schnell.
Ich höre schweres, arhythmisches Trampeln im Flur. Ich brülle: »Jagst du eine Herde Brauereipferde über die Dielen, oder was ist da los?!« Aber ich weiß natürlich: Das sind gar keine Pferde. Keuchend und stöhnend, so viel Sport sind sie nicht gewohnt, aber Antje und Siggi haben es endlich die drei Stock-

werke herauf geschafft. Sie reißen sofort meine Zimmertür auf, und es ist vollkommen klar, was passiert: die können nicht mehr vor Lachen. »Versuchst du dir einen zu blasen?«, fragt Siggi. Ich überlege, ob das ein Kompliment sein soll. Denn die Schaschangasana, die Kaninchenstellung – die Angelsachsen nennen sie Child's Pose –, die geht so: Ich knie auf dem Boden, setze mich auf die Fersen, öffne die Beine ein wenig und lege den Oberkörper langsam auf den Oberschenkeln ab, bis meine Stirn zwischen den Knien den Boden berührt. In dieser Stellung wird das Gehirn gut durchblutet, die Wirbelsäule beweglicher gemacht und die Verdauung angeregt. Wenn Siggi glaubt, dass ich diese Pose zur oralen Selbstbefriedigung nutze, dann muss sie ja denken, dass mein kleiner Mitbewohner lang genug ist, dass ich ihn mit meinem Kopf zwischen den Knien erwischen könnte.

»Ach nee, geht ja gar nicht, dann müsste dein Schwanz ja bis zu den Knien reichen!«, wiehert sie mit ihrer dreckigen Lache hinterher. Soll ich sie fragen, warum sie sich so sicher ist, dass er es nicht tut? Soll ich noch einen dummen Witz auf meine Kosten riskieren? Ich mag ihr Lachen wirklich gern, und wie viele Frauen können sich schon so laut und herzlich freuen, aber unendlich viel Spott vertrage ich trotzdem nicht. Denn ich und er, wir haben noch nicht in einer richtigen Arbeitsbeziehung zueinander gefunden. So drücke ich das manchmal aus. Ich weiß, dass er da ist, aber ich ahne eben nur, was man alles mit ihm anstellen kann. Und darüber Witze, das tut mir weh.

Bevor es zu persönlich wird, beende ich das Thema Penislänge lieber. Und weil ich die beiden ganz genau kenne, weiß ich, wie ich das am besten mache. Ich stehe auf, straffe mich, sehe ihnen abwechselnd fest in die Augen, dann schiebe ich mein Kinn

ein wenig nach vorn, und nach einer kleinen, dramatischen Pause sage ich leise, aber sehr bestimmt: »Essen ist fertig!«
Ich bin noch nicht halb durch mit meiner Ankündigung, da stürmen die zwei schon los Richtung Küche, und ich bin mal wieder hin und weg von diesen Geschöpfen. Eben noch die reine Unschuld, sorglos und charmant, geben sie auf ein Wort von mir jede Zurückhaltung auf, legen mit der Aussicht auf Essen die Maske der Zivilisation ab wie ein zu klein gewordenes Kleidungsstück. Was ist das, das aus ihnen so ausschließlich triebgesteuerte Instinktwesen macht, sobald sie Kalorien wittern? »Hunger!«, brüllt Antje und prescht weiter zur Küche vor, wo ich Jens nervös rascheln höre. Um Himmels Willen, ich muss ihn warnen, die haben so viel Schwung, die werden ihn glatt umrennen. Ich pfeife einmal sehr laut, wie ich es von den baskischen Schafhirten gelernt habe, und dann schreie ich »Stampede! Bring dich in Sicherheit!«.
Aber Gott sei Dank, vor den beiden Affen bremsen Antje und Siggi scharf ab. In der Geo gab es ein Poster von zwei rammelnden Schimpansen, das haben wir in diesem ewig langen Flur an die Wand zwischen Bad und Küche gehängt. Das Weibchen hat es sich auf allen Vieren bequem gemacht, und das Männchen bedient seine Gefährtin mit einem sagenhaft entspannten Gesichtsausdruck von hinten. »Oh, wie süß«, sagt Antje, »seht mal, wie die beiden gucken! Total verliebt!« Das ist natürlich großer Unfug. Jens und ich haben lange vor dem Bild gestanden und die Gesichtsausdrücke der Primaten studiert. Tatsache ist, das Weibchen hat einen Riesenschreck bekommen, weil es eben gerade gemerkt hat, dass sein Lover in jeder Beziehung ein Alpha-Tier ist. Also eher eine Huch-ist-der-groß-Grimasse. Und der Affenmann guckt so verträumt, weil er dahin-

ten vor dem Brotfruchtbaum die jüngere Schwester seiner lieben Gattin sieht. Sie weiß, dass er guckt, und wackelt nach Schimpansenart mit dem Hintern. Auf ihr Angebot wird er zurückkommen, sobald er hier fertig ist. Genau das ist auf dem Bild zu sehen. Das denke ich. Weil ich aber weiß, dass die Welt nicht auskommt ohne Romantik, sage ich: »Ja, das empfinden Jens und ich ganz genauso!«

Jens reicht die Begrüßungscocktails. Die Mädchen bekommen Gingolos. Da gehört Grenadine hinein, Peachtree, Galliano, Orangensaft und natürlich Gin. Dieses ganze Durcheinander schmeckt fantastisch, es macht schnell besoffen und hat vor allem den Vorteil, dass Antje und Siggi niemals heraus schmecken werden, dass wir dafür den billigen Gin von Aldi nehmen. Keine Chance, dass sie das merken. Und wir haben den guten Bombay Sapphire ganz für uns.

Und dann essen wir endlich. Zuerst reiche ich ein Thunfisch-Carpaccio. Den Fisch – herrlich frisch, hat der Verkäufer gesagt, nicht tiefgekühlt! – habe ich für einige Stunden nach einem kapverdischen Rezept in einer Marinade aus Öl, Essig, Zwiebeln, Knoblauch, pürierten Tomaten, Salz, Piment, Ingwer, Meerrettich und schwarzem und grünem Pfeffer eingelegt. Das ist natürlich nichts Besonderes, aber diese einfache Vorspeise ist schnell zubereitet, und die Mädchen haben etwas zu knabbern, während sie an ihren Drinks nippen und lustig werden und ich letzte Hand an den Hauptgang lege. Dann kommt die Suppe auf den Tisch, und die Hühner machen große Augen.

»Suppe?«, fragt Antje, und ich stelle schnell noch eine Schüssel koreanischen Klebreis dazu, denn von Brühe allein wird niemand satt, das ist mir vollkommen klar. »Suppe?«, fragt Antje noch einmal. »Thailändische Krabbensuppe«, sage ich zaghaft,

»mit grönländischen Riesengarnelen. Ein halbes Dutzend für jeden. Ganz schwer zu bekommen!« – »Suppe gibt's normalerweise vorweg!«, sagt Siggi, und sie guckt sehr streng. »Da bist du in der Ernährungswissenschaft aber leider nicht auf dem neuesten Stand, Goldhäschen«, sage ich. »Nordkoreanische Forscher haben gerade herausgefunden, dass ein Menü aus eiweißreicher, proteinhaltiger Vorspeise und leichtem, gut gewürztem Hauptgang die beste Voraussetzung für eine effektive Nährstoffausnutzung und eine schonende Verdauung ist. Merke: Die Suppe nach dem Fisch macht im Darm reinen Tisch.«
»Aber Suppe macht nicht satt!« – »Ich habe auch Nachtisch!«, werfe ich mein letztes Argument in die Runde. Die Situation entspannt sich. Wir essen und trinken, und die scharfe Suppe, der Alkohol und die Kerzen – den Mädchen wird warm. Oder haben sie das verabredet? Sie ziehen ihre Pullover aus. Darunter tragen sie sehr kleine, sehr enge T-Shirts. Die spannen schon etwas und zwar genau da, wo sie sollen. Das sind so T-Shirts, die könnte man sich den ganzen Tag anschauen. Man fühlt sich ja nie gleich. Manchmal guckt man gerne Augen an, dann wieder ein schönes T-Shirt. Ich hoffe, ich klinge nicht wie ein Chauvi-Schwein, wenn ich das so sage. Ich meine das durch und durch feministisch, denn da kann ja sehr viel drin stecken, in so einem T-Shirt. Ein empfindsames Herz zum Beispiel, eine schöne Seele oder wie bei Antje und Siggi D-Körbchen, große, runde D-Körbchen.
Ich schaue hinüber zu Jens. Der hat den Löffel abgelegt und die Arme in den Schoß fallen lassen. Der Mund steht ihm offen. Ich kann darin den Unterleib einer Garnele erkennen. Sie ist noch unzerkaut. Sein Blick ist nicht mehr von dieser Welt. Seine Augen, mit Pupillen so groß, als hätte er gerade eine Riesentüte

durchgezogen, wandern wie in Trance von T-Shirt zu T-Shirt. Darauf haben die Mädchen etwas drucken lassen. »Frag mich! Vielleicht geht's!«, liest Jens schließlich laut vor. Dann lacht er blöde. Und ich wette, ich sehe gerade kein bisschen schlauer aus. Aber auf Intelligenz kommt es in diesem Moment wohl endlich einmal nicht so sehr an.

Siggi zählt leise. »En ... to ... tre!«, sagt sie, das ist Dänisch und heißt ›1, 2, 3‹, und als sie bei »tre«, also ›3‹ angekommen ist, da ist auf einmal Weihnachten. Und Ostern. Und Tag der Gleichberechtigung. Und das kommt so: Auf Siggis Kommando reißen also beide Mädchen ihre wirklich fabelhaft sitzenden T-Shirts hoch. Darunter tragen sie Wonderbras mit Ölkissen. Das sind diese BHs, die aus schönen Dekolletés Traumlandschaften machen, und Männer verlieren ihren Verstand darin. Ich beginne sofort, die Hochplateaus und Täler dieser sonst recht unzugänglichen Region mit meinem speziell geschulten High-Tech-Auge abzufahren, um noch das kleinste Detail für immer in mein Gehirn zu brennen. Wer weiß schon, wie oft mir dieser Anblick noch geboten werden wird. Ich schätze: nicht sehr oft. Antje und Siggi, im Hohlkreuz, die T-Shirts bis zum Hals hochgezogen, die Hände in die Hüften gestemmt, gucken sich zufrieden an.

Und zu ihrer Präsentation muss ich noch sagen: Das sieht alles sehr, sehr gut aus. Wir nennen die beiden ja nicht umsonst unsere Lieblingswalküren. Starke Persönlichkeiten sind sie, groß, blond und reichlich was dran. Antje, die heißt bei uns Glitzerschaumbarbie, und da merkt man ja auch schon, was für einen guten Eindruck sie auf uns macht. Wir nennen sie so, weil sie immer so rein und sauber wirkt, wie frisch gebadet und eingecremt, als wäre sie eben gerade erst aus dem Badezimmer gekommen, aus einer Badewanne voll mit weichem, glitzerndem Schaum. Ganz große Klasse also, die Zwei. Siggi zählt wieder: »En … to … tre!« Und nun das: Auf ›3‹ singen sie auch noch für uns! Ein dänisches Lied, und es geht so: »Tak for mad, tak for mad, tak for Kurts mad, bester Jens i erden, bester Kurt i erden, tak for mad, tak for mad, tak for Jens mad.« Das Lied singt man in Dänemark nach dem Essen als Dank an die Mutter, aber weil Jens und ich gekocht haben, haben Antje und Siggi natürlich umtexten müssen. Dabei hassen sie Dänisch ungefähr so sehr, wie wir es lieben. Obwohl es uns streng genommen ja noch mehr um die Däninnen als ihre Sprache geht.

Ich sehe Antje und Siggi begeistert zu und denke, die geben sich aber wirklich Mühe. Ich kann ganz deutlich sehen, wie die Brüste beim Singen beben, so sehr strengen sich die beiden an. Das Lied ist zu Ende. »Alles Gute zur Einweihung, Jungs!«, sagt Antje. Siggi sagt: »Happy Wohnen!« Dann gucken sie auf ihre Titten. »Ihr dürft jetzt jeder einmal da drauf küssen. Aber ohne Anfassen oder so!« Das tun wir gern. Was sollen wir auch anderes machen? Sprechen? Mit diesem faustdicken Kloß im Hals?

Ich habe noch nie so ein schönes Geschenk bekommen. Auch unter der Gefahr, dass das pompös klingt, aber mit diesem Bild im Kopf werde ich auch in schweren Stunden den Glauben an das Gute im Menschen nicht verlieren. Antje und Siggi, sie haben uns heute Abend eine Lektion in modernem Feminismus gegeben. Und sie haben dänisch gesungen, obwohl Antje sagt, Dänisch klingt, als hätte man einen Geflügelknochen verschluckt, versuche, den hoch zu würgen und gleichzeitig zu flehen, jemand möge doch endlich einen Luftröhrenschnitt machen. Und, auch das darf nicht unerwähnt bleiben, sie haben diese BHs angezogen. Keine H&M-Fummel, wir reden hier von richtigem Stoff, von dick gefütterter Seide und von Spitze. Wenn ich jetzt auch nur versuchen würde, ›danke‹ zu sagen, alle Dämme würden brechen, und die Tränen würden aus mir herausströmen wie das Blut aus einem frisch geschächteten Osterlämmchen. Wieder schaue ich zu Jens hinüber, und ich sehe, wie auch er mit feuchten Augen um seine Contenance kämpft. Antje und Siggi.

Wir bitten sie, uns noch sehr oft zu besuchen, sie essen schnell die Schokolade auf und verabschieden sich. Dann sind wir allein. Es ist zwar schon nach 22 Uhr, aber wir sind natürlich zu aufgewühlt, um schlafen zu können. Also öffnen wir die Schiebetür zwischen unseren Zimmern. Unser Haus ist nämlich uralt, als das gebaut wurde, hatten wir noch einen Kaiser, so alt ist das, und früher haben hier gutbürgerliche Kleinfamilien gewohnt, und deshalb gibt es Holzfußboden und haufenweise Stuckornamente an den hohen Decken und eben eine Schiebetür zwischen Jens' und meinem Zimmer, das waren früher wohl Speisezimmer und Salon.

Wir liegen jeder in seinem Bett, Jens in seinem hellblauen Bundeswehrschlafanzug, ich nicht, und wir versuchen, das Erlebte zu verarbeiten. »Hast du diesen kleinen Leberfleck auf Antjes linker Titte gesehen? Ist der nicht niedlich?«, frage ich, und ich muss ziemlich laut reden, weil unsere Zimmer ja so groß sind und wir die Betten an den entferntesten Wänden aufgestellt haben. Das ist WG-Feng Shui. Jens schnarcht nämlich, und ich muss nachts wegen meiner empfindlichen Blase, die Frauke, meine Homöopathin, leider noch nicht in den Griff bekommen hat, regelmäßig raus. »Du hast einen an der Marmel. Sie zeigt dir diese Prachtteile, und du verliebst dich in einen Leberfleck?!«

– »Das ist mein Weg, die Wahrheit zu suchen: Ich sehe das Große im Kleinen. Pars pro toto eben!« – »Ich möchte lieber wissen, warum nicht alle Frauen immer Wonderbras tragen. Das ist so hübsch!«, sagt Jens. »Na ja, du musst bedenken, dass so ein Büstenhalter auch ein Symbol für die jahrelange Unterdrückung der Frauen ist.« – »Du redest doch im Wahn. Wo ist denn bitte die Unterdrückung, wenn sich eine Frau ein bisschen zurecht macht und ich ihr sage, gut so?« – »Kennen sich leider nicht alle Männer so gut im Feminismus aus wie wir. Gibt ja echte Schweine da draußen.«

Wir schweigen eine Weile. Ich schaue aus dem Fenster. Die Beleuchtung am Rathausturm wird ausgeknipst. »Brüste in Wonderbras sind wichtig«, sagt Jens schließlich, und ich bilde mir ein, ihn dabei schmatzen zu hören, »sie erinnern uns an das Warme, Weiche und Wohlriechende. Gute Nacht!«

4

Am Wochenende kann man mal sehen, was dabei herauskommt, wenn wir uns was vornehmen. Jens kommt Freitagmittag vom Maschinenbau-Studieren, und wie immer brüllt er als erstes: »Hast du mal ein bisschen herumtelefoniert? Geht heute was?« Dieses Brüllen ist typisch für Jens. Er sagt, das kommt von den lauten Maschinen, an denen er arbeiten muss, wenn er Praktika macht für sein Maschinenbaustudium. Da hätte sein Gehör drunter gelitten, sagt er. Das ist dann auch ein Vorwurf gegen mich, weil ich Soziologie und Psychologie studiere, und da bin ich ja keinem Lärm ausgesetzt. Denkt Jens. Ich verstehe das leere Phrasengedresche meiner Kommilitoninnen sehr wohl als Lärm. Soziologie-Studentinnen beginnen nämlich jeden Satz mit den Worten »Ich denke, wir sollten ...«, und das ist, wie gesagt, immer nur der Anfang ihrer inhaltlichen Null-Aussagen. Noch schlimmer finde ich nur Menschen, die eine Frage so einleiten: »Ich hab da mal eine Frage und zwar ...!« Und zwar wollte ich von diesem Wochenende erzählen und wie Jens nach Hause kommt und fragt: »Hast du mal ein bisschen herumtelefoniert? Geht heute was?« Ich verrate jetzt etwas, aber es ist ein Geheimnis: Ich mag überhaupt nicht telefonieren. Ich hasse es, mich mit jemanden zu unterhalten, und ich kann nicht sehen, was für Gesichter er dabei macht. Oder ich schütte mein Herz aus und rede über meine Probleme, dann will ich natürlich wissen, sitzt er oder sie dabei bequem mit untergeschlagenen Beinen auf einem Lieblingsstuhl und hört mir konzentriert, vielleicht sogar ein wenig betroffen zu? Oder macht diese Vertrauensperson gerade den Abwasch / hockt auf dem Klo / schneidet sich die Fußnägel / hält ein Kaffeekränzchen und hat unser Gespräch auf Lautsprecher geschaltet und alle hören zu und beißen sich in die Fäuste, damit ich ihr Kichern nicht höre? Ich kann das ja nicht kontrollieren übers Telefon. Mit Frauke, meiner Homöopathin, ist das etwas anderes, das ist ja quasi ein Arbeitsgespräch, und wenn ich außerdem einem Menschen vertraue, dass er mir aufmerksam zuhört, dann ist das Frauke. Ich telefoniere also nur in Notfällen. Jedenfalls nicht zum Spaß. Und schon gar nicht, um Jens' Freizeit zu organisieren. Denn das ist es ja, was er will: dass ich mit fremden Menschen darüber rede, ob irgendwo eine Party ist oder ob uns jemand besucht. Und das auch noch am Telefon.

Also sage ich, wenn er fragt, ja, 'türlich telefoniert, wie ein Weltmeister telefoniert, aber leider niemanden erreicht. Nur manchmal, da haben wir abends plötzlich etwas vor, und ich muss nicht einmal jemanden anrufen dafür. Wie an diesem Freitag. Ich sage zu Jens, der schon in seinem Telefonbuch blättert, von wem er sich wohl heute eine Abfuhr holen kann: »Klar geht was. Eine Party. Werden auch scharenweise Frauen da sein!« – »Wo denn?« – »Müssen nicht mal fahren!« – »Wo denn, verdammt?« – »Stasi fliegt übermorgen zum Surfen nach Costa Rica. Heute Abend ist Abschied!«

Ich freue mich, meinen Mitbewohner so glücklich zu sehen. Stasi, von dem habe ich schon kurz erzählt, das ist Enno Stasuhn, und er wohnt im hinteren Teil unserer Etage. Die Party soll um 20 Uhr anfangen. Das ist hart für uns, so lange zu war-

ten. Wir sind wahnsinnig aufgeregt. Trotzdem nehmen wir uns sogar vor, nicht vor 22 Uhr nach hinten zu schlendern. Uns ist völlig klar, im selben Haus, im selben Stock wie der Gastgeber wohnen und als erste erscheinen – das würde keinen guten Eindruck machen. Würde ja aussehen, als könnten wir es gar nicht erwarten, als hätten wir nichts zu tun. Als wären wir zum ersten Mal auf einer Party für Erwachsene eingeladen. Wir gucken Videos. Das ist so ein Hobby von uns. Wir sammeln Videos und sehen sie an. Unser Visual-Equipment, so nennen wir das, steht bei Jens im Zimmer. Das hat keinen wichtigen Grund, einfach nur, weil sein Zimmer größer ist als meins. Unsere Großeltern schenkten uns Geld für die Wohnungseinrichtung. Davon kauften wir den Plasmagroßbildfernseher, das Videogerät, den DVD-Spieler und das Dolby-System. Sogar eine Video-Fernseher-Kombination war noch drin. Die steht in der Küche auf dem Kühlschrank. Wie auch hätten wir Omas und Opas Geld sinnvoller in Wohnkultur investieren können als in diese schöne Guck-Anlage?
Eine 1A-Eiche-Rustikal-Einbauküche hatten wir ja schnell an der Hand, der Küchentisch ist von Ingo Schröders Katheter-Oma, gebraucht und umsonst, und der Rest stand schon in unseren Kinderzimmern oder auf anderen Sperrmüllhaufen. Etwa eine Waschmaschine und einen Trockner davon kaufen? Unseren Müttern damit jede Chance nehmen, uns zu sehen, etwas für uns zu tun?
Unsere Video- und DVD-Sammlung hat drei Schwerpunkte, und so sortiert stehen die Kassetten und Disketten auch in Jens' Regal. Was unten und in der Mitte steht, dazu kommen wir noch. Ich nehme ein Video vom oberen Brett, denn was wir jetzt brauchen, das ist eine mentale Starthilfe für die Party nachher.

Die Musikvideos, die wir für unsere Sammlung aufnehmen, die suchen wir danach aus, dass sie laut sind, dass sie rocken oder dass es da etwas zu gucken gibt. Es gibt noch eine vierte, inoffizielle Kategorie, aber da muss ich sehr vorsichtig sein, sonst ist Jens beleidigt. Er hat nämlich einen ganz armseligen Musikgeschmack. Und weiß es nicht einmal. Techno, House, Euro-Trash – er hört alles, wenn es nur laut genug Bum-Bum macht, nach Kunststoff klingt und dazu eine Dumpfbacke mit großen Brüsten Zweizeiler aus ihrem Lipgloss-Mäulchen presst. Nichts lässt er aus mit seinen kaputten Ohren.
Das ist dann meistens so, dass wir gemütlich zusammensitzen und reden, und plötzlich legt er diese Musik auf. Er macht sofort einen dicklippigen Genießermund, wenn er solche Beats hört, tippt seinen übergeschlagenen Fuß in die Luft und wackelt mit dem Kopf. Ich bekomme Magenschmerzen und Sodbrennen. Mir schlägt ja leider alles auf die Verdauung. Ich will ihm aber nicht auch noch die Stimmung versauen, macht ihn so glücklich, diese Musik, reicht ja, wenn es einem mies geht. Gehe also ganz leise hinüber in mein Zimmer, hole das Buch »Reflexzonenarbeit am Fuß« aus meinem Gesundheitsbücherschrank, setze mich wieder zu Jens, ziehe meine Socken aus und massiere mit ruhigem, gleichmäßigem Daumendruck die Symptomreflexzonen in meinen Füßen. Damit bekomme ich meine Schmerzen fast immer in den Griff. Manchmal hilft natürlich alles nichts, da kann ich rubbeln, kneten und massieren, bis meine Füße kribbeln und kalt werden. Ich werde dann immer unruhiger, und Jens fragt: »Was ist denn los? Die Musik haut doch voll rein, oder?« Ja, ja, sage ich, echt gut, haut voll rein, mir wird ganz anders davon. Damit es an diesem Freitag nicht zu einem solchen Drama kommt, suche ich die Musikvideo-

kassette also lieber selbst aus. Ich wähle ein Band aus unserer ›Sex‹-Kollektion, drehe den Fernseher Richtung Raummitte und öffne die Schiebetür zwischen unseren Zimmern. So können wir jeder bei sich sein, und trotzdem verbringen wir Zeit miteinander.

Ich fange an, in meinem Schrank nach der angemessenen Bekleidung für die Party zu suchen, und als ich den fetten Bass von dem ersten Clip höre, der dazu läuft, da stehe ich eine halbe Sekunde später vorm Fernseher, neben Jens, und ich habe Angst, dass ihm Spucke auf seine Wildleder-Clarks tropft, so weit offen steht ihm der Mund. Dabei haben wir dieses Video schon viele, viele Male gesehen. Aber es ist immer noch schön. Ich frage mich, ob überhaupt noch jemand diesen Superhit kennt, »Do you wanna get funky« von C & C and the Music Factory? Wie die Sängerin heißt, haben wir nie herausgefunden. Wir werden sie trotzdem nicht vergessen. Sie ist schwarz, wunderschön, und im Video trägt sie ein sehr knappes Silberleibchen und wir können sehen, wie weich die Haut an der Innenseite ihrer Oberschenkel ist. Manche sagen, das kann man höchstens ahnen, dass etwas weich ist, wenn man es nicht angefasst hat. Wir können sehen, wie weich die Haut an der Innenseite ihrer Oberschenkel ist. Zum Schluss beugt sie sich weit nach vorn. Die Kamera zoomt ins Dekolleté, und ich ziehe mit einem scharfen Zischen Luft zwischen meine zusammengebissenen Zähne, und Jens macht »Jak-a-di-jak!«. Das höre ich oft, wenn er aufgeregt ist. Ich mache zur Beruhigung ein paar einfache, aber effektive Yoga-Übungen. Zusammen werden sie die Magic Four genannt, denn mit ihrer Hilfe sind Körper und Kopf im Nu wieder im Einklang.

Ich probiere eine Hose aus weißem Cord, dann Khakis von

Dockers und eine graue Arbeitshose von Carharrt, und dann weiß ich gar nichts mehr. Normalerweise trage ich ein Paar 501 von Levis und ein Hemd und Redwing-Stiefel. Darin kann mir nichts passieren. Aber wenn ich einmal etwas anderes anziehen will, kann ich mich gleich für gar nichts mehr entscheiden. Dann verliere ich irgendwie jeden Halt, meine Wände stürzen ein, von überall sickert Angst durch, und alles in mir bricht zusammen. Das fühlt sich wirklich so dramatisch an. Diese Lieblingskleidung ist wie ein Stock, und wenn ich ihn zur Seite lege, dann nehme ich stattdessen nicht einen anderen, sondern ich falle auf die Schnauze. So stelle ich mir das vor.
Ich frage Jens: »Was meinst du, soll ich nicht doch lieber eine Jeans anziehen?« Er guckt nicht einmal hoch. »Sag mal, bin ich hier auf einer Tuckenveranstaltung? Fragst du mich, was du anziehen sollst? Du bist schlimmer als ein Mädchen!« Das tut natürlich weh, und dabei habe ich noch nicht einmal angefangen, über das passende Hemd nachzudenken.
Ich schlucke drei Globuli Ignatia, das ist das Extrakt aus der Bohne des Heiligen Ignatius, gegen diese hysterische Unentschlossenheit, lege mich in der Paschimottanasana, der Stellung des Westens, in meine Yoga-Ecke und atme tief durch, bis die Medizin wirkt. Als Jens geduscht und sich angezogen hat und ich endlich in meine Jeans schlüpfe und irgendein Hemd vom Bügel nehme, ist es schon 22 Uhr 30. Allerhöchste Zeit, Spaß zu haben.
Ein letztes Mal stehen wir mit unseren Getränken in der Hand vor dem Fernseher. »Teen Spirit« von Nirvana läuft. Uralt, sicher, aber immer wieder schön anzusehen. Das Video hat einen richtigen Plot, und der geht in etwa so: Sehr gute Grungeband rockt die Sporthalle einer leicht asseligen Mittelschule. Die

Schüler flippen vollkommen aus, und die Musik reißt sogar den alten schwarzen Hausmeister, der mit seinem Feudelwagen zufällig um die Ecke kommt, aus seiner Lethargie. Jung und alt, schwarz, weiß oder Chicano – alle spüren den Teen Spirit. Insofern ist das Video auch eine Demonstration für Frieden und Freundschaft und so.

Als der Hausmeister zu sehen ist, die Musik ihn erfasst und er wie high seinen Schrubber im Feudelwasser hin und her rührt, sagt Jens »20 Sekunden!«. Das haben wir nämlich mal gestoppt, dass es nach dieser Feudelaction ziemlich genau 20 Sekunden bis zum Höhepunkt des Filmchens sind. Da ist ja auch schon die Gruppe Cheerleaderinnen. Die Mädels stehen auf dem Spielfeld zwischen Band und Publikum. Kameraschwenk auf die jungen Zuhörer, zurück auf die Musiker. Cobain trägt ein hübsches, grün-gestreiftes T-Shirt. »Jetzt nicht ablenken lassen! Fünf Sekunden!«, sagt Jens. Ich drücke den Akupressurpunkt in meiner rechten Handinnenfläche. Da, da steht sie. Rechts außen und als spürte sie die Kamera kommen, reckt sie ihre Arme mit den Pompons in den Händen hoch in die Luft. Ihre Brüste drängen nach vorn, noch ein bisschen größer, noch ein bisschen runder und voller. Das Video geht auf Zeitlupe. Unsere junge Sportlerin nimmt den Kopf nach hinten und schlägt nun ihre ausgestreckten Arme nacheinander nach oben. Rechts, links, rechts, links. Dazu bewegt sie ihre Hüfte, hoch und runter, vor und zurück, energisch und trotzdem weich.

Unglaublich lasziv, ich glaube, anders kann man das alles gar nicht nennen. Und wie die Brüste in diesem engen, ärmellosen Sporthemd hin und her geschoben werden, mit dieser Mischung aus wollüstiger Ekstase und träger Verschlafenheit, das spricht mich einfach an. Ich ziehe laut Luft durch meine Zahnlücken. »Jak-a-di-jak!«, macht Jens. Wir gehen sehr zuversichtlich den Flur hinunter.

Die Party bei Enno fängt mit einer angenehmen Überraschung an. Überall stehen Frauen. Mehr Frauen als Kerle. Und weil Stasis Wohnung so klein ist, er hat nur zwei winzige Zimmer, müssen die Frauen eng zusammen stehen. Darum fällt es mir zuerst auch schwer, einzelne Personen auszumachen. So dicht stehen sie zusammen, und sie rauchen und trinken und sind wunderbar entspannt. Überhaupt nicht möglich, jemanden aus Versehen anzurempeln und er oder sie bietet einem nicht sofort ein Lächeln oder wenigstens ein Tütchen an. Woher Enno so viele Frauen kennt, ist uns ein Rätsel. Er ist doch fast nie da. Hier jobben, da jobben, und dann packt er das Surfbrett in die Tasche und ab nach Baja oder nach Bali oder Biarritz. Oder, wie diesmal, Costa Rica. Jens und ich, wir verstehen ja rein gar nichts vom Surfen. Aber den ganzen Tag auf dem Wasser verbringen, braun, blond und mit dicken Armen an den Strand kommen, eine kleine Surfmaus steigt aus dem VW-Bus, gibt dir das Handtuch, einen Kaffee, einen Teller Risotto und sagt »Total cool, dieser Aerial, den du eben gemacht hast!«, kurz nicken, fertig gedrehtes Tütchen und Flasche Holsten in Empfang nehmen und rüber gehen zu den anderen Jungs, allein – auch für uns Sandflöhe, auch für uns Nicht-Surfer klingt das nicht wie eine schlimme Freizeitbeschäftigung. Überhaupt nicht.

»Mach mal die Birne, Kuddel!«, ruft Stasi zur Begrüßung. Jens und ich lösen uns aus unserer Erstarrung. Wir stehen immer noch im Türrahmen. So viele Frauen. Stasi will uns die Hand geben. Das klingt so einfach, die Hand geben. Aber da steckt natürlich mehr dahinter als die rechten Hände ausstrecken,

Innenflächen zueinander, zugreifen, schütteln, fester zugreifen, der Stärkere sein und nett lächeln dabei. So habe ich das in der Lehre gelernt, und immer dachte ich, einmal wird mir einer die Finger brechen. Ist so schwer, zu lächeln und sich nichts anmerken zu lassen von dem Schmerz und zu denken, ob diese Quetschungen wohl jemals verheilen. War ja nie der Kräftigste. Die jungen Leute geben sich jetzt anders die Hand. Da kommt es nicht so sehr auf den Druck an. Es geht mehr um Geschicklichkeit, darum, mit minimaler Anstrengung die Dinge in ihrem natürlichen Fluss zu verbinden. Und wieder bin ich der Dumme. Ich kann mir nie merken, wie das geht, Faust machen, unten drauf hauen, oben drauf hauen, rechts drauf hauen, links auch, glaube ich, dann Daumen hoch, Fäuste aneinander, Daumen berühren sich und spätestens dann hinke ich rettungslos hinterher. Aus dem Aerobic-Kurs bin ich vor Jahren auch gemobbt worden, weil ich mir die Schrittfolgen nicht merken konnte. »Wenn du nicht in der Lage bist, einen Fuß nach dem anderen hoch zu heben und wieder auf den Boden zu setzen, ohne hinzufallen und die anderen aus dem Rhythmus zu bringen, solltest du es vielleicht mit Kniffel versuchen. Zu Hause. Niemand zwingt dich, Sport zu machen!«, sagte die Trainerin, und sie schaltete nicht einmal ihr Headset-Mikrofon aus. Alle konnten es hören, aber niemand erwiderte meine hilfesuchenden Blicke. Starrten an die Decke oder auf ihre Strickstulpen. Keine Solidarität, noch nicht einmal ein Lächeln, nichts als kalte Ausgrenzung.

»Egal, wie dumm ein Mensch sich anstellt – er bleibt doch ein Mensch«, sagte ich beim Hinausschleichen, aber da hatte die Trainerin die Musik schon wieder voll aufgedreht. »Hero« von Enrique Iglesias. Was für eine Ohrfeige! Nach zwei vergeblichen

Versuchen schnappe ich Stasis Hand mit meiner linken, halte sie fest und schüttle sie konventionell. Jens bekommt das besser hin. Ob er heimlich geübt hat? Ist doch sonst auch nicht der Sportlichste. Vielleicht sollte ich Ennos Begrüßung noch kurz erklären. Das ist auch wieder ein Witz auf meine Kosten. ›Mach mal die Birne, Kuddel‹. Kuddel, das ist natürlich wegen meines Vornamens, und ich bin gar nicht glücklich damit. Kurt kommt von ›Courtois‹, dem französischen Wort für höflich, und ich fand immer, das passt. Und ›mach mal die Birne‹, das spielt auf eine körperliche Deformation an, die ich überhaupt nicht zum Lachen finde. Denn ich bin zwar ziemlich groß und alles, aber wer genau hinschaut, sieht dies: Meine Schultern sind weder breit noch gerade. Dafür sind meine Hüften breit, viel breiter als meine Schultern. Wäre ich wenigstens muskulös, fest und sehnig, meine Figur ließe sich vielleicht mit einem ›A‹ vergleichen. Also eine Birne. Eine Birne mit Beinen. Ich habe lernen müssen, damit zu leben. Im Schwimmverein machte mir mein Trainer Mut: »Ein Pinguin hat auch schmale Schultern und schwimmt trotzdem schnell.«
Hartwig, mein Trainer, hatte praktisch keine Beine, wenigstens keine, die zu irgendetwas zu gebrauchen waren. Die Kinderlähmung hatte sie nutzlos und so dünn wie Unterarme gemacht. Er schwamm trotzdem rasend schnell, allein mit der Kraft seiner Arme und seines Kopfes, und diese Beinchen trieben hinterher, und er jammerte nie. Es deprimierte mich, wenn er versuchte, mich wegen meiner Stromlinienförmigkeit zu trösten. Heute ist mir klar: Früher oder später werde ich durch meine Yoga-Übungen Muskeln aufbauen. Dann fällt auch meine Kielbrust nicht mehr so blöd auf. Und ich muss mich auf Partys nicht mehr wie das Fallobst unter den Gästen fühlen. Im-

merhin bekommt auch Jens seinen Teil ab. »Mach mal Doppelbizeps, Lindemann!«, grölen die Pauls. Auch so ein Scherz. Doppelbizeps, den machen eigentlich die Bodybuilder. Das heißt, sie haben ihn natürlich und nehmen bestimmte Stellungen ein, dass man die Bizepsmuskeln an beiden Armen gleichzeitig besonders gut sehen kann. Jens ist aber keine Faser muskulöser als ich.

Dafür ist er schlauer als die Pauls. Er greift in seine Hemdtasche und zieht zwei Stifte heraus. Er hält sie hoch und spreizt sie dabei leicht wie ein Victory-Zeichen. »Das sind meine Bizeps, Jungs. Ich kann schreiben und rechnen. Und wenn ich fertig studiert habe, sage ich anderen, wo sie was hintragen sollen. Wozu brauche ich dicke Arme?«, sagt er ruhig, und manchmal bin ich sehr stolz auf ihn und seine Schlagfertigkeit.

Wir suchen die Getränke. Aus den Augenwinkeln kann ich sehen, dass die Pauls ihre Münder noch nicht wieder geschlossen haben. Wenn ich sie das nächste Mal treffe, werden sie mich fragen, ob Jens sie für uninte, unintie – ob er sie für dumm hält. Ist schon klar, dass das hier eine reine Bier-Veranstaltung ist. Leute wie Stasi oder die Pauls, die trinken keine Longdrinks oder Cocktails. Und natürlich steht das Bier in der Badewanne. Das Wasser zum Kühlen ist warm. Das Bier auch. Wir nehmen uns trotzdem jeder eine Flasche. Sieht ja extrem verkrampft aus, auf einer Party mit leeren Händen dazustehen oder die Hände aus Verlegenheit in die Hosentaschen zu stemmen. Es ist Maternus-Pilsener! »Wie kannst du deinen Gästen diese Aldi-Gülle anbieten?«, frage ich Enno locker. »Weißt doch, Kuddel: Sekt für die Weiber, Wurst für den Hund, Bier für den Mann!« Ich nehme einen Schluck, jemand sagt »Prost«, und ich muss fast kotzen. Ich presse meine Lippen zusammen und schlucke has-

tig, aber etwa zwei Esslöffel voll, die fallen mir doch aus dem Mund und tropfen auf mein Hemd, meine Hose, meine Stiefel. Vor mir steht Maren.
Maren Tappert war in meiner Klasse, als ich Abitur machte. Das war auf dem zweiten Bildungsweg. Ich hatte eine Lehre, Arbeit, die Bundeswehr hinter mir und schon mehrere Jahre den Führerschein und keine Pickel, aber Bartwuchs, als ich wieder eingeschult wurde. Alle anderen in meiner Klasse waren 16. Sie kamen direkt von der Realschule, und in den Pausen knüllten die Jungs das Aluminium-Einpackpapier ihrer Wurststullen zu Bällen zusammen und spielten damit Fußball. Die Mädchen sahen ihnen kopfschüttelnd zu und unterhielten sich darüber, dass Mädchen intellektuell immer zwei Jahre weiter sind als Jungs. Natürlich war ich froh, als nach ein paar Wochen Maren in unsere Klasse kam. Sie war offensichtlich nicht gerade überdurchschnittlich lernbegabt, dafür war sie körperlich voll entwickelt, und sie war längst volljährig. Ich bot ihr den freien Platz an meinem Tisch an, dem einzigen in der letzten Reihe. Dort waren wir ungestört. Den Lehrern reichte es, wenn sie in Ruhe mit den Kindern arbeiten konnten. Einmal zeigte ich Maren mein Taschenmesser, und sie hat es nicht einmal gemerkt. Das kam so: Ich pflegte damals ein Taschenmesser mit 300fach gefalteter Damaszenerklinge mit mir herumzutragen. Es war wuchtig und schwer und zusammengeklappt 18 Zentimeter lang. Das trug ich in der Hosentasche meiner modisch engen Jeans. Rechts, denn ich bin Rechtsträger. Nach einer Weile entwickelten Maren und ich die Angewohnheit, uns gegenseitig zu kraulen, wenn der Unterricht unerträglich langweilig wurde. Mit Kraulen meine ich wirklich nur Kraulen, kein Petting oder so. Einfach mit den Fingerspitzen den Unterarm des anderen ent-

lang fahren, die Hände oder den Nacken. Und dann kraulte Maren mir den Rücken. Es gibt ja nicht viele Dinge, die so nett sind, wie den Rücken gekrault zu bekommen. Damals wusste ich nicht, dass zwei Menschen Sachen miteinander anstellen können, die noch mehr Spaß machen als Rücken kraulen. Ich ahnte es noch nicht einmal.

Ich hatte also mein Hemd hinten aus der Hose gezogen, und es war wirklich verdammt angenehm, so wunderbar zart, eingelullt in das monotone Plappern von Herrn Hellwig, der auch nach 30 Berufsjahren ganz und gar verzaubert war von seinem Fach, dem Rechnungswesen, und diese Begeisterung wollte er mit uns teilen. So angenehm war das, dass ich irgendwann dachte, jetzt müsste ich Maren zeigen, wie gut sie das tatsächlich machte. Also schnurrte ich ein bisschen, und ich lobte sie, und dann deutete ich auf meinen Schritt. Guck mal, so gut machst du das, sagte ich. In meiner Hose steckte etwas sehr Langes und sehr Dickes, das war ganz deutlich zu sehen. Maren schlug sich eine Hand vor den Mund. »Oh Gott, das ist doch nicht dein …?!« – »Das ist mein Damaszenerstahl, 300fach gefaltet, hart und scharf. Was meinst du denn, was das sein soll?« – »Das ist er nicht!« – »Du musst es ja wissen.« – »Kann ich mal anfassen?« – »Klar. Aber sag nicht, ich hätte dich nicht gewarnt.« Sie streckte ihren Zeigefinger aus, näherte sich damit langsam meiner Hose und drückte schließlich sanft auf die riesige Delle darin. Ich sah ihr verträumt ins Gesicht, schloss die Augen und sagte leise »Uh, ja, klasse!« Maren schlug noch einmal die Hand vor den Mund. Dann drückte sie wieder, diesmal beherzter, mit der ganzen Hand, über die ganze Länge. Sie schrie auf. Herr Hellwig fragte: »Was ist denn da hinten los bei Ihnen, Frau Tappert?« – »Ach nichts, ich hab nur gerade was ganz Ekliges angefasst!«

Ich habe nichts getan, dieses Missverständnis aufzuklären. Vielleicht aus Schadenfreude. Oder wegen meiner Lethargie, das war mir aber egal. Obwohl es so prima angefangen hatte mit uns, wurden wir kein Paar. Und wir schliefen auch nicht miteinander. Vielleicht waren wir auch gar nicht wirklich verliebt. Manchmal denke ich, als die einzigen Erwachsenen in der Klasse waren wir vielleicht so etwas wie die einzigen Menschen überhaupt auf einer einsamen Insel, die einzigen Überlebenden eines Flugzeugabsturzes. Da findet man zwangsläufig zueinander. Und wenn dann das Rettungsschiff am Horizont auftaucht, nimmt man genauso unsentimental Abschied. Und jetzt steht sie auf Ennos Party vor mir, und mir kommt das Bier wieder hoch. Maren hatte früher ein Mondgesicht. Jetzt hat sie ein teigiges Pfannkuchengesicht und auch sonst ordentlich zugelegt. Aber darauf kommt es ja zum Glück überhaupt nicht an, wenn man eine Frau mag. Und wenn man sie nicht mag, ist es auch egal.
An dir sind die Jahre aber auch nicht spurlos vorbei gegangen, denke ich. »Hallo Maren, an dir sind die Jahre aber vollkommen spurlos vorbeigegangen!«, sage ich. »Und du bist ein Arschloch geblieben!«, sagt Maren und hakt sich wieder bei ihrem Beau ein. Der guckt mich an und zieht dabei die rechte Augenbraue hoch, zweimal schnell hintereinander, so wie wir das damals in den 80ern übten, nachdem wir »Magnum« gesehen hatten. Marens Begleiter trägt eine beige Jeans, schwarze Halbschuhe im Budapester-Look, ein blaukariertes Hemd, ein schwarzes Sakko, und seine Haare sind piccobello geschnitten und geföhnt. Okay, alles klar, denke ich, du fährst also einen Audi TT und träumst davon, dir irgendwann einmal für das Formel 1-Rennwochenende in Monte Carlo ein Appartement an der Strecke zu mieten. Dass schon ein Balkonstehplatz mit Blick auf

das Feld für den Sonntagvormittag so teuer ist wie dein Auto, ahnst du noch nicht. Inzwischen wundere ich mich nicht mehr über meinen Kotzanfall. Das ist gar nicht, weil Maren optisch so abgebaut hat seit unserer Schulzeit. Egal, wie scheiße sie jetzt aussieht, im Grunde habe ich sie damals sexuell ausgenutzt, wird mir klar, und nun schlägt mir mein schlechtes Gewissen eben auf den Magen. Ich stecke meine rechte Hand in die Hose. In der Tasche habe ich eine Flasche Nux Vomica. Die reibe ich, um meine Nerven zu beruhigen und Energie zu sammeln. Die Pauls sehen, was ich da mache.

»Sach ma' Kuddel, spielst du da heimlich ›Mütze-Glatze‹? Vor allen Leuten? Hut ab! Was meinst du, Tiny, spielt Kuddel heimlich ›Mütze-Glatze‹?«, ruft Ulf Paul seinem jüngeren Bruder und mir zu. Tiny heißt eigentlich Martin, aber welcher Mann ohne starkes Interesse an Kommunalpolitik und Mülltrennung lässt sich gern Martin rufen. Die Leute, auf die es ankommt, nennen Martin Paul also Tiny und sie sprechen es englisch aus, dann bedeutet es ›lütt‹, und er ist ja auch Ulfs kleiner Bruder. Tiny weiß, was nun von ihm erwartet wird. »Ich mein das auch, dass er da ›Mütze-Glatze‹ spielt. Sieht wenigstens so aus, was, Kuddel?! Hut ab!« Ulf nimmt den Ball dankbar an: »Spielt er da heimlich ›Mütze-Glatze‹!«

Bei der Sprachtechnik der Paul-Brüder geht es darum, jeden noch so kurzen Gedanken möglichst gründlich durchzukauen. Das kommt vom Wellenreiten. Beim Wellenreiten verbringt man den größten Teil des Tages nicht damit, Wellen zu reiten, sondern man sitzt stundenlang bis zur Brust im kalten Wasser auf einem kleinen Brett und wartet und wartet auf eine anständige Welle. Die man dann auch noch erwischen muss. Und dann wieder: warten. Da gehen irgendwann die Themen aus. Deshalb wiederholen die Pauls, was immer ihnen einfällt. So lange, bis ihnen etwas Neues einfällt. Und das kann dauern. Ich versuche gar nicht erst, ihnen zu erklären, dass ich nicht Taschenbillard gespielt habe. Soll ich ihnen sagen, dass meine feuchten Finger da unten in meiner Hosentasche ein homöopathisches Mittel umklammern? Ich mag die Pauls und will sie nicht völlig aus dem Konzept bringen. »Da spielt der hier ›Mütze-Glatze‹, was Kuddel?! Vor allen Leuten! Hut ab!«, sagt Tiny ein letztes Mal.

»Ich trainiere die Beweglichkeit meiner Finger«, sage ich, und: »Ich habe einen neuen Bogen. Wollt ihr sehen?« Natürlich wollen sie sehen, und so drängen wir uns durch einen Pulk freundlich lächelnder und so hübscher wie vorsichtshalber schweigsamer Mädchen und gehen hinüber in mein Zimmer. Nehmen jeder den Bogen in die Hand, spannen zum Spaß und ohne Pfeil und gucken, wer am weitesten durchziehen kann.

»Der hat aber richtig Wumms, wenn du voll durchziehst, oder, Kuddel?!« – »Alter, und was der für'n Wumms hat, wenn du voll durchziehst!« – »Ich glaub das auch, dass der Wumms hat, wenn du voll durchziehst!« – »Der hat so'n Wumms. Der hat Wumms, was, Kuddel?!« – »Nimm doch mal einen Pfeil und schieß auf den Karton. Ich halte ihn hoch.« – »Der Karton reicht nicht. Der Bogen hat 70 Pfund Zugkraft«, sage ich. Die Pauls pfeifen anerkennend. »Hut ab!« – »Englische Pfund!«, setze ich nach. – »Klar hat der englische Pfund, oder was meinst du, Tiny!« – »Ich mein, natürlich hat der englische Pfund.« So driftet das hin und her, und von hinten, aus Stasis Party-Zimmern, swingt die Twin Peaks-Titelmelodie »Laura Palmer's Theme« in der Bearbeitung von Fausto Papetti herüber. Das Lied kenne ich schon, das ist von der Platte »What a wonderful world«, auf der

der Italiener moderne Klassiker wie »John Dunbar's Theme« aus »Der mit dem Wolf tanzt« oder »Sounds of silence« mit seinem Saxophon poppig neu interpretiert. Enno Stasuhn hört quasi nur Papetti oder Bob Marley. Alles andere ist ihm zu aufgeregt. Die James Last-Sammlung, die ich meinem Vater vom Dachboden gestohlen hatte, wollte er nicht einmal geschenkt. Die Bläserarrangements waren ihm zu hektisch.
Als die Pauls mir dann noch ein Tütchen anbieten, ist es bei mir vollkommen aus mit der Vernunft. Ich sage natürlich nein zum Marihuana, wie ich nein sage zu allen Drogen, denn Schokolade killt Vitamin B12, und davon bekomme ich Kopfschmerzen, von Wein kriege ich Durchfall, und alles, was man rauchen kann, riecht für mich schon nach Depressionen, ohne dass ich es noch probieren muss.
Ich lasse mich dazu überreden, mit Pfeil und Bogen auf eine Zielscheibe zu schießen, die wir an Stasis Ende des langen Flurs an die Wand hängen wollen. Das Problem sieht so aus: Stasis Ende des langen Flures, das ist sein Einbaukleiderschrank. Er wird nicht wollen, dass wir den und die Klamotten darin löchern. Tiny findet in Jens' Zimmer eine etwa 60 mal 60 Zentimeter große und 4 Zentimeter dicke Holzplatte. Die hängen wir an den Schrank. Ich nehme Aufstellung. Die Pauls stellen sich in Stasis Türrahmen, damit niemand im falschen Moment in den Flur kommt. »Der geht doch nicht durch, der Pfeil, oder was meinst du, Ulf, geht der durch?!« – »Ich mein, dass der durch geht. Der geht durch, was, Kuddel?« Natürlich geht der Pfeil durch. Das Einschlaggeräusch ist so laut, dass jemand aus Schreck die Musik ausmacht. Alle stehen in der Tür. Ich öffne die Schranktür. Der Pfeil ragt tief hinein, und die Bärenjagdspitze hat sich mit ihren Rasiermesserflügeln durch Ennos ein-

ziges weißes Hemd, durch den weißen Sommeranzug, den er von seinem Opa geerbt hat, ein paar T-Shirts und zum Schluss durch seinen Surfanzug geschnitten. Bei einem Bären sorgt diese Art von Spitze für eine Lungenembolie. Viel kann ich für Ennos Klamotten auch nicht mehr tun. Die Pauls betrachten die Löcher in Ennos Garderobe. Ein gleichmäßiges, beinahe schönes, rosenblütenförmiges Muster ist das.

»Hut ab! Der ging aber voll durch. Was meinst du, Ulf, ging der durch?« – »Mann, siehst du doch. Das Ding ist da so was von durch gegangen.« – »Voll durch gegangen. Hätt ich nicht gedacht! Oder hättest du das gedacht, Ulf?!« – »Ich hab gleich gedacht, dass der durch geht! Hut ab, was, Kuddel!«

Ich fühle, es ist nicht der Moment, mich feiern zu lassen. »Tut mir Leid!«, sage ich zu Enno. »Das Leben ist Kampf und Veränderung!«, sagt er. »Ein paar schöne Aufkleber drauf, Hut ab, dann fällt das gar nicht auf!« – »Ja, hau da Aufkleber drüber, dann sieht das keiner, was, Stasi?!«

Ich puhle den Pfeil aus der Schranktür und bringe die Waffe zurück in mein Zimmer. Bevor noch etwas passiert. Dann passiert etwas. Die Mädchen kreischen plötzlich. »Keine Panik, ist noch mehr Sekt auf dem Balkon!«, sagt Stasi. Die Mädchen hören nicht auf zu kreischen und werfen sich auf Kathrin, und wir merken, es ist Mitternacht, und Kathrin hat Geburtstag. Wir paar Jungs stürzen uns mit in diese Frauenbewegung, wäre ja blöd, sich dieses Knutschen und Umarmen entgehen zu lassen. Anna, Kathrins beste Freundin, gibt ihr das Geburtstagsgeschenk, für das alle zusammengelegt haben.

Und jetzt zeigt sich, wie schlau es war, dass ich nicht schon ins Bett gegangen bin. Kathrin ist eben 23 Jahre alt geworden, und sie hat noch nie einen Wonderbra getragen. Deshalb bekommt

sie nun gleich zwei, mit passenden Schlüpfern. Oder sagt man Unterhosen? Ihre Freundinnen waren extra in einem Fachgeschäft und sind sehr aufgeregt. Wir auch. Die Mädchen rufen: »Anziehen, anziehen, anziehen!«
Kathrin nimmt die Wäsche, geht ins Stasis Schlafzimmer, jagt dort die letzten Spanner hinaus, und bei uns wird es sehr, sehr still. Ich lege eine Platte auf. Enno guckt sauer herüber. Ist mir egal. Soll er nicht Willy Nelson herumliegen lassen, wenn er ihn nicht mag. Wir stellen uns auf. Das ist gar nicht so einfach, wir sind ungefähr 30 Leute, und natürlich will niemand hinten stehen. Die Tür geht auf. Der Film läuft plötzlich in Zeitlupe. Ich höre eine Bierflasche auf den Boden fallen. Niemand bückt sich, sie aufzuheben, niemand schreit nach einem Lappen. Ulf Paul verliert einen Teil des Quarks, den er gerade löffelt. Fällt ihm einfach aus dem Mund. Der Mund bleibt offen, der Quark auf dem T-Shirt. Jens hat seine Brille abgenommen. Putzt sie. Merkt gar nicht, dass er sie mit dem Teil seines Pullovers putzt, den er Sekunden vorher durch die Chilisauce auf seinem Teller gezogen hat. Ich reibe hektisch an meiner Nux Vomica-Flasche. Kathrin ist von Natur aus schon hübsch, sie ist eine typische Kathrin mit langen braunen Zöpfen, und dreimal in der Woche geht sie ins Fitnessstudio, aber diese hellblaue Unterwäsche auf ihrer braunen Haut, diese warm und rund und weich herausragenden Brüste und vom String-Tanga hinten nicht mehr zu sehen als ein winziges Dreieck genau unter den beiden Grübchen auf dem unteren Rücken – da ist endgültig klar: Ich werde die Hoffnung nicht aufgeben und niemals, niemals Asket werden. Freiwillig nicht. Wir sind begeistert. Kathrin auch. »Und ich dachte, ich hätte zu kleine Brüste für einen Wonderbra!«, sagt sie. »Schwer zu sagen! Zieh dich doch mal ganz aus!«, sagt Jens.

Er hat seine Brille fertig geputzt, inzwischen erfolgreich, und weil Kathrin halbnackt dasteht, vor uns und damit auch vor ihm, glaubt er, dass ihn und Kathrin nun etwas Besonderes verbindet. Das ist so eine Eigenart von ihm. Wenn ein Mädchen Hallo sagt, wenn sie nicht Nein sagt, wenn sie nicht wegläuft – Jens versteht das als einen Wink, als eine Einladung, doch bitte, bitte noch näher zu rücken. Meistens liegt er vollkommen daneben mit dieser Einschätzung seiner Chancen. Alle sehen es kommen, nur Jens nicht. Wenn ich mich gut genug fühle, das Haus zu verlassen, gehen Ingo Schröder, Jens und ich fast immer zusammen aus. Ganz grob kann ich sagen, dass sich Jens an einem normalen Abend da draußen mindestens eine Abfuhr holt. Darin ist er wirklich spitze. Weiß der Teufel, wie er das macht, aber wenn es irgendwo nach Abfuhr riecht – Jens wittert die Gelegenheit und ist zur Stelle. »Da geht doch was!«, sagt er dann. Oder: »Ich glaube, die ist nicht uninteressiert!« Da geht aber nie was, und die sind auch nie nicht uninteressiert.
Ingo und ich, wir sehen ja auch, wen Jens ins Visier nimmt, und wir sehen, welche Signale die ihm morsen. Die gucken panisch, wenn er auf sie zukommt, die drehen sich weg, die reden mit anderen, wenn er ihnen etwas erzählt, die verschwinden wortlos. Aber wie entsetzt wir ihn auch aufhalten wollen – er gibt erst auf, wenn sie ihn quasi mit dem Vorschlaghammer stoppen. Und weil er so viele Körbe bekommt und die besten Körbe aus Rattan hergestellt werden, nennen ihn manche auch den Rattan-Lindemann. Und weil Jens wie alle anderen auf dieser Party Kathrins Brüste anstarren darf, denkt er also: Da geht doch was.
»Mit wem gehst du morgen eigentlich ins Kino!«, fragt er Kathrin, während sie Ennos Bademantel anzieht. »Das weißt du

nicht!«, sagt sie. Ich will gar nicht genau wissen, wie er weiter versuchen wird, Kathrin weich zu klopfen, wünsche Stasi einen angenehmen Urlaub, entschuldige mich noch einmal für den kaputten Surfanzug und gehe ins Bett.

5

Ich werde dadurch wach, dass Jens in mein Zimmer stürzt, und öffne die Augen. Es ist schon hell, aber so weich, wie sich die letzten Dämmerungswolken und das Stahlgrau des Himmels und die ersten Sonnenstrahlen mischen, muss es noch sehr früh sein. Ich tippe auf etwa 6 Uhr. »Es ist 6 Uhr!«, sagt Jens, denn er weiß: Ich trage keine Armbanduhr. Das hat keine religiösen Gründe oder so, ich kann mir einfach nicht vorstellen, dass es gut für meinen Körper ist, so dicht und ununterbrochen einer fremden Energiequelle ausgesetzt zu sein. Das muss die natürlichen Ströme doch einfach stören, denke ich. Kann sein, sagt Jens dazu, bei deinen extrem flachen Energiekurven kann so ein hochpotentes Quarzkraftwerk wie eine Uhr die Funktionalität sicher erheblich beeinträchtigen. Wahrscheinlich meint er das sogar ernst.

Jetzt ist er offensichtlich eben erst nach Hause gekommen. Er trägt noch seine Jacke, und in seiner rechten Hand klimpert sein Autoschlüssel mit dem alten Taunusmotor-Schlepphebel als Schlüsselanhänger. »Was ist denn los?«, frage ich. »Deine rechte Hand zittert. Ist was mit Oma?« – »Meinst du, ich habe da gerade eine Chance verpasst?« – »Auf gar keinen Fall!«, sage ich. Egal, worum es geht.

Jens erzählt, dass er Kathrin auf Stasis Party doch nicht mehr rumgekriegt hat. Ich mache ein erstauntes Gesicht. Kann nicht sein, sage ich, aber Jens hört nicht zu. Ist von der Party ins ›Before Dawn‹ gefahren. Der Arme, denke ich, dann hat er es aber wirklich nötig. Das ›Before Dawn‹ ist ein Schuppen mit schön gebeiztem Holz auf dem Boden und ein paar schwarzen Sitzecken, ein Laden, der gern schick wäre, aber die coolen House-Hörer hinter diesem künstlerisch gestalteten Tresen sind nicht in der Lage, einen anständigen Gin Tonic zusammenzuschütten. Entweder sie vergessen das Eis oder den Umrührer oder die Zitrone. Wenn sie eine Zigarette rauchen müssen, auch alles. Noch nicht einmal Sapphire Gin haben sie, so sieht das aus. Gucken nur deprimierend ahnungslos, wenn man sie danach fragt.

Die Menschen, die da hingehen, die sind sehr jung, und sie halten sich für sehr gut angezogen, aber im Grunde ist das doch nur bessere Techno-Mode. Und weil Jens unbedingt noch was gehen lassen wollte in dieser Freitagnacht, ist er also ins ›Before Dawn‹ zu diesen Inlineskatern und Haargelern gegangen. Lehnte am Tresen, und weil die Hüfthosenträger an der Bar zu blöd sind, vernünftige Drinks anzubieten, trank er Cola. »Cola? Du?«, frage ich. »Die haben weder Bluna noch Malzbier!«

Nun muss man dazu wissen, dass Jens im chinesischen Tierkreiszeichen ein Tiger ist. Tiger sind rastlose Menschen. Tom Cruise ist ein Tiger. Die Königin von England auch. Kann man sich also vorstellen, wie Jens am Tresen lehnt, Cola in der Hand, ein bisschen genervt von diesem miesen Laden, und trotzdem fahren seine Augen die Umgebung permanent nach Opfern ab. Und dann hat er Katja gesehen.

Katja ist so eine, die kennt man seit Jahren, eigentlich kennt jeder sie seit Jahren, aber niemand weiß, woher er sie kennt, denn so sehr fällt sie auch wieder nicht auf, dass man sich an solche

Details erinnern könnte, und außerdem gibt es so unendlich viele Katjas. Ich glaube, diese Katja arbeitet beim Statistischen Landesamt oder so ähnlich. Ihre Kleidung ist von Esprit oder Benetton. Schlank, dunkelblonde, halblange Haare, Schuhgröße 39, mehr Durchschnitt als hübsch.

Wenn sie etwas Aufregendes erleben will, geht sie Inlineskaten. Am liebsten am Hindenburgufer. Manchmal sogar zur Arbeit. Dabei kann sie sich so richtig auspowern und auch mal ihre wilde Seite austoben. Die Kollegen lächeln, wenn sie im Eingang die Rollschuhe gegen ihre Supergas tauscht. So ein verrücktes Huhn ist diese Katja. Das hat Jens auch sofort gesehen. Hat sie also angesprochen, kein Problem, die beiden kennen sich schließlich seit Jahren, aber woher, das weiß Jens auch nicht mehr. Sie reden und reden, und Katja geht tanzen und spricht mit Freundinnen und geht um die Ecke, einen Puten-Döner essen, aber nur den kleinen, für Kinder, ist schon so spät, und Jens lässt sich nicht abschütteln, er bleibt die ganze Zeit am Ball.

Und dann dämmert es, die beiden stehen vor dem Tanzlokal, und das ist ja immer eine wahnsinnig intime Stimmung, mit jemanden vor einem Tanzlokal stehen, wenn der Tag noch nicht richtig angebrochen, aber die Nacht längst schon vorbei ist. Ich bin noch gar nicht müde, du auch nicht, wohin jetzt, wir können doch noch, so geht das dann. Jens darf Katja die paar Kilometer nach Hause fahren, ach, sollen wir nicht noch den Sumo-Kampf ansehen, eine Live-Übertragung aus Japan. Sie sehen zusammen fern, sie auf der Couch, er auf dem Sessel gegenüber, zwischen sich einen Couchtisch mit Rauchglasplatte.

»Spätestens da hättest du doch Bescheid wissen müssen!«, sage ich. Katja reicht Saft und Tee und Salzgebäck, und mehr passiert nicht, außer dass Katja um 15 Minuten nach 5 – der Kampf

ist zu Ende – sagt, sie ist müde und will ins Bett. Jens – lässt ein Tiger sein Opfer los, solange es noch zappelt? – bietet an, er kann ja auf der Couch schlafen. Sie sagt, nein, ich bin müde, fahr jetzt bitte nach Hause. Oder sonst wohin, aber: geh!
Jens lässt sich überrumpeln und fährt nach Hause. Aber wie er die Treppen hochsteigt zu unserer Wohnung im dritten Obergeschoss, da kommt ihm die Idee: Bestimmt war alles ganz anders gemeint. Bestimmt wollte Katja ihn gar nicht loswerden. Sie hat nur so getan, denkt Jens. Sie hat ihm gesagt, er soll gehen, und sie meint genau das Gegenteil. Deshalb fragt er mich, ob ich meine, dass er da eine Chance verpasst hat. Und ich lasse Jens erzählen, aber für mich steht schon fest, nein, er hat nichts verpasst, und eine Chance hat es nie gegeben.
Aber ich weiß auch, was jetzt trotzdem passiert. Kann in seinem Gesicht sehen, wie in ihm Unentschlossenheit und Trotz, Wunschdenken und der Realitätssinn des zukünftigen Ingenieurs gegeneinander kämpfen. Es gewinnt wie immer die Lust, sich selbst weh zu tun. Was anderes fällt mir dazu manchmal wirklich nicht mehr ein. Jens fragt mich: »Meinst du, ich soll da noch mal hinfahren? Kann ja ein paar Brötchen kaufen und fragen, ob wir zusammen frühstücken wollen!«
Ich weiß, es hat keinen Sinn, seine Frage ist reine Rhetorik, innerlich ist er schon längst auf dem Weg, aber wenn ich ihn nicht aufhalten kann, will ich wenigstens ehrlich sein. Ich setze mich auf und versuche, ihm fest in die Augen zu schauen. Ich kann sehen, dass seine Pupillen nicht auf mich scharf gestellt sind. Sie fokussieren einen Punkt jenseits der Wand in meinem Rücken, mehrere Kilometer nordöstlich unserer Wohnung.
»Jens, was hat sie gesagt? Bitte geh, hat sie gesagt. Glaube mir, das hat sie so gemeint. Fahr nicht wieder hin. Sie wird dir nicht

einmal die Tür öffnen. Da geht auf keinen Fall etwas. Frauen sind nicht mehr so blöd heutzutage, die wissen, wie sie was gehen lassen können, wenn sie wollen. Die wäre dir schon an die Wäsche gegangen, wenn sie Bock gehabt hätte.« – »Du bist lethargisch, und du hast Angst vor Frauen, und du kannst es nicht ertragen, dass ich mich mehr traue. Mit deiner Einstellung wirst du nie einen Stich landen!«, sagt er. »Wahrscheinlich nicht. Aber sie werden mir nicht meine Würde nehmen. Und schon gar nicht werde ich ihnen meine Würde zum Frühstück auftischen!«, sage ich.

»Ich fahre da jetzt hin. Ich glaube, da geht was. Dein Defätisten-Gequatsche kannst du dir sparen. Positives Denken schafft positive Tatsachen!« Jens verschwindet. »Bis gleich. Ich setze schon mal Kaffee auf!«, rufe ich ihm hinterher.

Ich setze schon mal Kaffee auf, zünde ein Zedernholz-Räucherstäbchen an, lege eine Kassette mit einem schönen Mantra ein und mache wie jeden Morgen nach ein paar einfachen Meditationsübungen meinen Suryanamaskara, meinen Sonnengruß.

Der besteht aus sechs verschiedenen Stellungen, die in fließenden Bewegungen nacheinander ausgeführt werden. Dreimal hintereinander mache ich das, so frühmorgens muss ich mich langsam an meine volle Beweglichkeit herantasten.

Ich spüre den sanften Bewegungen nach und fühle, wie sie meine inneren Organe massieren und ihre Durchblutung anregen, wie die tiefe und gleichmäßige Atmung mein Blut reinigt und es intensiver durch meinen Körper kreisen lässt, wie meine ganze Muskulatur und die Wirbelsäule warm und geschmeidig und kräftig werden, und schließlich, wie die kleinen Fettpölsterchen abgebaut werden. Ein Gefühl von Wärme und

Harmonie und Glück durchströmt mich. Es gibt keinen besseren Weg, den Tag zu beginnen.
Zum Abschluss gehe ich in den Padmasana, den Lotussitz, und mache Übungen, die meinen Atem beruhigen, denn wenn mein Atem fließt, fließen auch meine Gedanken; wenn mein Atem ruht, ruhen auch meine Gedanken, und das ist ja genau der Punkt bei diesem Hobby. Sein und spüren, nicht denken. Eine Lampe an einem windstillen Ort flackert nicht, heißt es in der Bhagavadgita, dem Lehrgedicht der Hindus.
Ich fange gerade an, so richtig tief hineinzufallen in mich, und ich sehe meine Flamme schon ziemlich unbewegt brennen, da poltert Jens in die Wohnung. Er stürmt in sein Zimmer, schiebt unsere Zwischentür auf, dass das alte Holz laut aufschreit, kommt herein, zieht meine Jalousien hoch, öffnet das Fenster, weil er Räucherstäbchen nicht leiden kann, macht meine Mantra-Kassette aus und lässt sich auf meinen Schreibtischhocker fallen. »Namaste!«, sage ich.
»Wann schaffst du dir endlich vernünftige Möbel an?«, fragt er. »Du brauchst ein Sofa oder einen bequemen Sessel oder wenigstens ein richtiges Bett. Hier kann man doch nirgendwo anständig sitzen.« – »Wo könnte ich bequemer sitzen als auf diesem wunderbaren Holzfußboden? Aber geht es dir wirklich um meine Möbel? Oder versuchst du nur, negative Energie loszuwerden?« – »Scheiße!« – »Sie hat dich also nicht noch mal reingelassen?« – »Scheiße hat sie. Dabei dachte ich wirklich, da geht was. Diesmal wirklich!«
Es klingt so, als wäre da tatsächlich nichts mehr gegangen zwischen Jens und Katja. Beim Bäcker hat er Brötchen, Butter, Marmelade und Nussnougatcreme gekauft. Mit dieser Riesentüte guter Absichten fährt er zurück zu Katja. Sie öffnet ihm die Tür

nur einen Spalt und lässt die Sicherheitskette dran. »Hast du schon geschlafen?«, fragt er. »Was ist denn noch?«, fragt sie. »Ich habe ein paar Sachen fürs Frühstück besorgt!«, sagt er. »Aber nicht hier!«, sagt sie. »Sag mal, hab ich mich da eben ein bisschen doof angestellt? Ich meine, wolltest du was, und ich habe es nicht gemerkt?«, fragt er. Hemmungen kennt er ja nicht. Sie wird blass und bekommt ganz dicke Falten auf der Stirn, so wie ich, wenn ich einen Migräneanfall habe.

»Ich glaube nicht!«, sagt sie. »Ganz bestimmt nicht!« Sie schließt die Tür. Jens wartet. Nach etwa dreißig Sekunden öffnet sich die Tür noch einmal, wieder nur einen winzigen Spalt, gerade weit genug, dass Katja Jens die Tüte mit den Brötchen und der Butter und der Marmelade und der Nussnougatcreme aus der Hand reißen kann. Jens setzt sich auf die Treppe. Als nach ein paar Minuten nichts passiert und er aus Katjas Wohnung nichts mehr hört, auch mit dem Ohr am Briefschlitz in der Tür nicht, gibt er auf und kommt nach Hause. »Dabei dachte ich wirklich, da geht was. Diesmal wirklich!« Ich erspare uns jeden Kommentar.

»Kaffee ist fertig!«, sage ich. Wenn einer am Boden liegt, hat Ingo Schröder gesagt, mag das okay sein, noch mal hinterher zu treten, aber man macht nicht noch Witze darüber. Jens duscht schnell, wir gehen in die Küche, und weil es immer noch so herrlich früh ist, sehen wir uns einen Western an. Wir sammeln nämlich nicht nur die besten Musikvideos, wir haben auch etwa zwei Regalmeter Western im Unterhaltungsangebot.

Ich weiß schon, jetzt werden wieder die Brauen gerunzelt, aber wir stehen dazu: Wir mögen Western. Es gibt nichts Besseres, als mit einem Becher Kaffee und einer Tafel Lindt Vollmilchschokolade im Bademantel vor dem Fernseher zu sitzen und ei-

nen Western anzuschauen. Wenn ich das erzähle, ich mag Western sehr gern, dann bekomme ich manchmal zu hören, ist dir das nicht zu albern, bist du dafür nicht schon zu groß? Erstmal ist es doch so, dass alle kleinen Jungs Western und Cowboyhüte und Indianer abballern gut finden. Ich kann da nichts Abartiges dran sehen. Die meisten fangen auf dem Weg ins Erwachsenwerden eben nur an, andere Sachen gut zu finden, und ich konnte mir meine kindliche Begeisterungsfähigkeit erhalten. Hinkt meine geistige Entwicklung deshalb hinterher?
Frauke, meine Homöopathin, sagt: Nein, das alles zeigt, ich stehe in engem Kontakt mit meinem inneren Kind, und sie findet das gut so. Sie hat mir nur davon abgeraten, mit meinem Spielzeugcolt in der Innenstadt Platzpatronen auf Passanten zu schießen und, wenn die partout nicht umfallen wollen, »Peng! Tot oder ich spiel nicht mehr!« zu rufen.
Aber wenn ich so darüber nachdenke, meine Beziehung zu Western hat sich sogar ziemlich geändert. Ich erinnere mich, als kleiner Junge habe ich bei »Rauchende Colts« oder »Die Leute von der Shiloh Ranch« immer hinter dem Sofa gekauert, mit dem Puppenbesen meiner Schwester im Anschlag. Hinter dem Sofa fühlte ich mich sicher vor Querschlägern. Und der Besen als Flinte, das kam daher, dass meine Eltern kein Kriegsspielzeug im Haus duldeten. Das war so eine Anthroposophen-Idee von ihnen. Und heute? Heute sitze ich ganz offen auf unserer Eckbank, und ich trage zwar einen Western-Hut, aber ich halte keinen Besen in der Hand. Wir haben nicht einmal einen Besen. Wir haben zwar überall Parkett, in den Fluren und in meinem Zimmer, und Fliesen in der Küche, und manch einer würde da bestimmt sagen, kann man doch prima fegen, den kleinen Dreck zwischendurch, aber wir mögen beide nicht fegen. Ent-

weder wir nehmen den Staubsauger oder wir feudeln. Und für die Krümeleien haben wir natürlich einen Handfeger und eine Kehrrichtschaufel, aber das gehört jetzt nur am Rande hierher. Nein, ich kann nichts Kindliches darin sehen, ich fühle mich sogar sehr erwachsen, wie ich an diesem frühen Samstagmorgen mit Jens in unserer Eckbank fläze und Kaffee trinke und Schokolade esse und diesen Western sehe, und gerade eben wirft William Holden einem blonden, vollbusigen und offenbar sehr an ihm interessierten Mädchen ein Buch zu und sagt: »Hier, tu was für deinen Verstand. An deinem Körper ist nichts zu verbessern!« Das ist natürlich genau unsere Sorte Humor.

Wir müssen beide kichern, und Jens spult den Film ein Stück zurück, auch wenn wir diese Szene längst in- und auswendig kennen, und ich wundere mich mal wieder über meinen ältesten Bekannten und Mitbewohner, wie er neben mir auf der Eiche-Rustikal-Bank sitzt und Schokolade mampft und Kaffee trinkt, und er ist so gut gelaunt und frisch geduscht – niemand käme auf den Gedanken, dass er vor einer Stunde bei dieser Katja einen Riesenkorb abgeholt hat. Kennt überhaupt keine Scheu, seine Niederlagen einzugestehen, unser Rattan-Lindemann. Dass er so offen über seine Malheurs plaudert und sie dann sofort abhakt, das bewundere ich sehr. Ich finde, das ist ein Zeichen enormer innerer Kraft: Eben ist es noch das Wichtigste auf der Welt, dass er genau diese Frau dort angräbt, er bekommt seine Abfuhr, macht selbst die besten Witze über seine Blamage, und weiter geht es, die nächste ausspähen. Manchmal blitzt er ab bei einer, und es sieht fast so aus, als ob er gar nicht so richtig traurig darüber ist.

Bei Jens ist es wie beim Jäger, dem geht es bei seinem Sport ja auch zuallererst ums Beobachten, Heranpirschen und ins Visier

nehmen – viel mehr als ums Abschießen und Ausnehmen und Auftischen. Das ist natürlich ein erbärmlicher Vergleich.
Ich brauche jedenfalls viel mehr Ruhe und Zeit, solche Verletzungen zu verarbeiten. Ich falle da emotional gleich ins Bodenlose, das habe ich ja letzte Nacht wieder gesehen, als ich Maren wiedersah.
Und dann ist der Film zu Ende, Jens geht auf Matratze, hat ja überhaupt noch nicht geschlafen, und wenig später klingelt das Telefon. Ich gehe in sein Zimmer, aber er schläft wirklich. Es hört trotzdem nicht auf zu klingeln. Ich gehe in mein Zimmer und streife ein sauberes weißes T-Shirt über. Ich stehe neben dem Telefon, und es hört nicht auf zu klingeln. Ich blättere in der Bildzeitung, die Jens von seinem Ausflug mitgebracht hat. Keine Nackte heute. Das Telefon klingelt immer noch. Langsam verliere ich die Nerven.
Ich überlege, wer das bloß sein kann, aber das nützt ja nichts, drücke zur Beruhigung mit dem linken Daumen fest in die Mitte der rechten Handinnenfläche, und dann gehe ich endlich ran. Ich sage meinen Namen. Eine Frau meldet sich.
Ich habe ihre Stimme noch nie gehört. Ich kenne sie nicht, und das macht mich aufgeregt, und ich merke, ich werde rot. Ich kneife mir kräftig in den Handrücken. Das hilft. Wenigstens das bekomme ich vom Gespräch mit: Sie heißt Corinna Schüßler, und sie hat eine Freundin, und deren Spinning-Trainerin ist die Freundin meiner Schwester, und über diese Etappen hat sie gehört, dass ein Zimmer in unserer Wohnung zu haben ist, und das möchte sie sich ansehen. Morgen, am Sonntag, will sie kommen, um 18 Uhr, und das ist mir überhaupt nicht recht, weil Jens und ich sonntags wirklich gern Ruhe haben, aber mir fallen keine überzeugenden Argumente ein, sie auf einen anderen Tag

zu vertrösten. Ich hänge auf, und nachdem ich mich beruhigt habe, bin ich außerordentlich stolz auf mein couragiertes Verhalten.
Ich habe mit ihr telefoniert, und ich habe sogar einen Termin mit ihr vereinbart. Wer weiß, vielleicht wohnen wir schon bald mit einer Frau zusammen! Und das ist dann auch mein Verdienst, dann habe ich den ersten Schritt getan. Gut, den ersten nach ihr. Jens freut sich auch.
Wir beschließen, das zu feiern, auf Szene zu gehen und uns vorzustellen, wie das wird, wenn unsere Mitbewohnerin morgens nach dem Duschen im Bademantel in der Küche sitzt und ihre Beine eincremt, während wir Kaffee machen und den Fernseher einschalten. Und sie wird ja nicht einfach nur bei uns einziehen, die Tür hinter sich zu machen, und das war's. Sie wird Freundinnen haben.
Wir fahren ins Nachtcafé. Das ist eine Bar, da steht man herum und hält sich an einem Getränk fest und sieht sich alle an, und unten im Keller ist eine Disko, und fast immer treffen wir Leute, die wir kennen. Gegenüber vom Nachtcafé ist ein Parkplatz frei. Jens will wenden, steht schon mitten auf der Straße, und dann passiert das: Ein Taxi kommt von unten, vom Puff, herauf geschossen und bremst keinen halben Meter von Jens' Fahrertür hart ab. Jens murmelt: »Blödes Arschloch!«.
Dazu muss man sich überlegen, dass es nach Mitternacht ist, also vollkommen dunkel, und in unserem Auto brennt auch kein Licht. Sogar die Fensterscheiben sind geschlossen. Nur vom Taxi leuchtet etwas Licht in den Passat hinein. Trotzdem muss der Fahrer von Jens' Lippen gelesen haben, was er gesagt hat. Und er muss ihn sich genau angesehen haben. Jens hat gerade ausgesprochen, da springt der Taxiprolet aus seinem Auto,

reißt Jens' Tür auf und brüllt: »Was willst du weiße Scheiße?« Der hat ihn doch höchstens fünf, sechs Sekunden lang gesehen. Ich finde das wahnsinnig schlagfertig. Ich kenne Jens viel länger, aber das wäre mir nie eingefallen. Und wenn man so will: Es stimmt ja. Ich habe noch nie einen weißeren Menschen als Jens gesehen. Unglaublich blonde Haare und am ganzen Körper nicht ein einziges Pigment. Albino, Käpt'n Käse, das kennt er alles, aber weiße Scheiße, da drauf ist noch niemand gekommen.

Wir treffen Ingo Schröder im Nachtcafé. Er steht mit vier oder fünf Mädchen da, eine ganze Herde ist das, und sie sehen alle ziemlich niedlich aus, und sie trinken Prosecco mit ihm und gucken ihm ununterbrochen in die Augen.

Ingo hat vor kurzem bei der Sendung »Herzblatt« mitgemacht. Natürlich hat er gewonnen. Jetzt ist er ein Star in unserer an Stars nicht reichen Stadt, und er bekommt Fanpost, und fremde Menschen erkennen ihn auf der Straße, in der Zeitung steht ein Artikel über ihn, und samstags legt ihm die Bäckereiverkäuferin ein Mandelhörnchen in die Brötchentüte, und er muss nicht einmal zahlen dafür. Und die Mädchen lieben ihn.

Jens und ich, wir wollten auch mitmachen bei dieser tollen Show. Sind beide abgelehnt worden. Mir sagten sie, ich wäre leider ein bisschen zu groß für die Kamera. »Ich kann mich doch hinsetzen!«, schlug ich vor. Dann sagten sie, meine X-Beine seien eine Spur zu ausgeprägt fürs Fernsehen. Ich sagte, das sei ein reines Haltungsproblem. Mit Konzentration könne ich das lösen, bräuchte vor dem Auftritt nur ein wenig Ruhe für ein paar Yoga-Übungen. Man sieht schon: Ich nahm mir vor, leicht würde ich es ihnen nicht machen; ich würde mich nicht ohne Widerstand aus meiner Fernsehkarriere kicken lassen.

Eine Assistentin ging mit mir vor die Tür, sie sah mich ernst an und erklärte mir nach einer langen Pause, sie bräuchten junge, leicht ausgeflippte Typen mit schrägen Hobbys. Schräge Hobbys? Ich verstand nicht richtig: Das hatte ich denen doch gesagt, ich habe Hobbys, in meiner Freizeit mag ich lesen, meditieren, Videos gucken und neue Rezepte ausprobieren.
»Das habe ich doch gesagt, ich habe Hobbys, in meiner Freizeit mag ich lesen, meditieren, Videos gucken und neue Rezepte ausprobieren. Das habe ich doch gesagt! Oder?« Sie presste ein kleines Seidentaschentüchlein mit Monogrammstickerei vors Gesicht.
»Ihr glaubt trotzdem, ich bin langweilig, stimmt's?«, fragte ich sie. Sie schluchzte. Dann lief sie weg. Da gab ich auf. Jens scheiterte an seiner Pigmentlosigkeit. »Schau, wir glauben, du bist eine Supertype, wirklich«, sagte der fröhliche rheinländische Casting-Mann, »aber deine Haut ist so hell, da kann man auch mit Puder nichts machen. Die Kamera wird blind, wenn wir dich davor stellen.« »Oder sie implodiert, das kann man vorher nie so genau sagen!«, unterstützte ihn seine Kollegin.
Statt eigenen Ruhm zu genießen, freuen wir uns jetzt über den Erfolg unseres guten Bekannten Ingo. Er steht also im Nachtcafé und um ihn diese Traube Mädchen. Er kann sie sich aussuchen. Ich kann sehen, wie dieser Anblick Jens einen Stich ins Herz gibt. Er sackt ein wenig zusammen, seine Schultern fallen nach vorn und nach unten, sein Blick senkt sich. Das dauert keine drei Sekunden. Dann strafft er sich, und er ist wieder der alte. Er stellt sich zu Ingo, guckt sich die Mädchen noch einmal genau an aus der Nähe und sieht, da ist doch genug für alle dabei.
Zum Warmwerden erzählt Jens die noch brühwarme Geschichte von der weißen Scheiße. Ingo ist begeistert, und ich

spüre, Jens wird nicht mehr sehr oft Jens genannt werden. Die Mädchen gucken erst etwas irritiert, dann sehen sie, stimmt ja, und Ingo lacht ja auch, und dann lachen sie alle.
Aber sie lachen Ingo dabei an, und sie machen hübsch, mit Hair Flip und Neck Presentation und leicht geöffnetem Mund stehen sie vor ihm wie Yorkshireterrier vor der Packung Frolic, und das wurmt Jens natürlich, daneben zu stehen und zuzusehen, wie Ingo die Lacher seiner Geschichte kassiert. Also legt er noch einen drauf und gibt seine neueste Abfuhr zum Besten, die Pleite mit Katja. Als er fertig ist, gucken die Mädchen erst ihn, dann Ingo mit großen Augen an, und dann gehen sie ganz leise. Ingo schüttelt traurig den Kopf. »Ich weiß«, sage ich, »aber er war nicht aufzuhalten!«
Ingo und Jens gehen in den Keller, tanzen. Ich bleibe oben, dicht am Eingang. Da ist die Luft am besten, ich muss auf meine Bronchien achten, und außerdem tanze ich nicht. Einmal wollte ich tanzen, da war ich 16 oder 17, und samstags war Disko in der Tanzschule, und da war diese sagenhaft hübsche Anja Sörensen. Sie war ein richtiges Poppermädchen mit Perlenohrringen und Perlenkette überm Polohemd und hochgestelltem Kragen und 7/8-Jeans und Collegeschuhen, und sie hätte sehr gut zu meinen Klamotten gepasst. Damals war ich auch noch Popper. Es dauerte immer eine Weile, bis ich eine Mode entdeckte. Sehr aktuell war sie dann meistens nicht mehr. Die schöne Kleidung meiner Popper-Phase war für mich eine Maske, ein Schutzpanzer, und ich verbarg darin mein Inneres, meine Krankheiten und meine Unsicherheiten.
Jeden Samstag sah ich Anja an. Und tat nichts. Stellte mir nur vor, wie sich der Engtanz mit ihr anfühlen würde. Das war ja eine ganz brave und harmlose Disko, eine richtige Tanzschu-

lendisko eben. Kaum Alkohol und Zigaretten, viel gute Laune und frisch gewaschene Hälse, und auf dem Jungsklo fragte manchmal einer, ob man ihm einen Kajalstift leihen könnte. Da konnte ich nicht helfen: Ich habe nie Kajal benutzt.
Ab Schlag 21 Uhr spielte der DJ immer für 20 Minuten langsame Lieder. »Blue Eyes« von Elton John, »Against all odds« von Phil Collins – solche Lieder, das war der Engtanzblock.
Zwei oder drei Monate lang guckte ich Anja Sörensen nur an. Dann kaufte ich mir an einem Samstagvormittag ein neues kariertes Sakko aus Merinowolle mit Kaschmir, eine neue Krawatte, und abends war ich endlich so weit.
Um 10 Minuten vor 9 trank ich mein Malzbier aus und stand auf. Knöpfte mein Sakko zu, zog an meinem Krawattenknoten und drängte mich durch den Pulk von vier Freundinnen, die um Anja herum standen. Es war mit einem Schlag still, und es kam mir vor, als hätte der DJ sogar die Musik etwas herunter gedreht, damit alle gut hören konnten. Ich machte keine Umwege.
Ich fragte: »Tanzt du bitte mit mir?« Sie schüttelte den Kopf und sagte: »Nein!« Das kam sehr schnell, und sie sagte es leise, aber hart und bestimmt, als hätte sie damit gerechnet, dass ich sie zum Tanzen auffordere. Sie war immer noch sehr hübsch. Trotzdem sind wir kein Paar geworden. Wir haben auch nicht mehr miteinander geschlafen. Ich bin sofort nach Hause gefahren, und ich habe nie wieder ein Mädchen gefragt, ob es mit mir tanzen will. Genau genommen habe ich nach diesem Erlebnis Mädchen eine lange Zeit überhaupt nichts mehr gefragt.
Und deshalb stehe ich im Nachtcafé am Eingang, wo es von draußen frisch hereinweht, und Jens und Ingo tanzen unten im Keller. Aber ich kann auch hier oben Spaß haben. Die Schwester von Mama Martens kommt herein.

Mama Martens, die war mal sehr an Ingo interessiert, aber er nicht so sehr an ihr, und dann hat sie für uns drei gekocht und Kuchen gebacken. Sie kochte wie eine Mutter, und sie hieß Martens und deshalb nannten wir sie Mama Martens. Jens und ich konnten sie ganz gut leiden. Wahrscheinlich hat sie sich das auch genau so gedacht, uns mit gutem Essen gewinnen, dann würde Ingo ihr bereitwillig hinterher springen ins Netz. In der Minute, als ihr klar wurde, dass er so blöd nicht ist, hörte sie auf, für uns zu kochen. Sie fand dann Arbeit in Lübeck.
Geblieben ist ihre Schwester. Bei der geht nichts, aber ich unterhalte mich wahnsinnig gern mit ihr, denn dabei lerne ich immer etwas über Frauen. Martina Martens ist ein Zimmermädchen, das ist kein Witz; sie hat Zimmermann gelernt mit Sägen und Nägel gerade einschlagen, und auf der Walz war sie auch. Vor uns stehen genau drei Frauen und drei Männer, und alle stehen mit dem Rücken zu uns. »Was ist eigentlich der Unterschied zwischen einem Po, einem Hintern und einem Arsch?«, frage ich sie. Bei solchen Fragen muss sie nie lange nachdenken: »Einen Po, den hat ein Baby, Hintern klingt nach Hämorrhoiden, damit gehst du zum Proktologen, und deinen Arsch steckst du in eine enge Hose, bis jemand kommt und ihn da herausholt.« – »Aber kann man nicht auch sagen, ein Po, das ist so ein zartes Wort, so nenne ich das Hinterteil von jemanden, den ich liebe, und ein Po, das ist auch eher ein kleines, knackiges Teil, während der Arsch für Üppigkeit und Leidenschaft und Wollust steht, und der Hintern, der steht da so dazwischen?« Sie sieht mich lange an.
»Du weißt nicht viel über Ärsche, oder?!« – »So viel wie jeder andere, schätze ich!« – »Na schön!« – »Was muss man denn über Ärsche wissen?« – »Ich dachte, du kennst dich aus?« –

»Manchmal gucke ich auch auf Brüste. Vielleicht habe ich in so einem Moment was Entscheidendes verpasst!« – »Findest du es denn gut, wenn eine Frau auf dem Bett liegt, und sie hat keine Hose mehr an, und sie zieht ihr T-Shirt aus, und dann liegt sie auf dem Bauch, streift den Tanga langsam herunter, sieht dich über die Schulter an und beginnt, sanft mit ihrem Arsch zu wackeln, findest du das gut? Oder sagst du dann, Schatz, du wirst dir den Hintern erkälten? Und wenn sie anfängt, mit einer Hand an sich herumzuspielen, und sie sagt, schlag mir bitte auf den Arsch, sagst du dann, aber Mäusezähnchen, ich will doch deinem Po nicht weh tun?«
Was soll ich dazu sagen? »Freut mich zu sehen, dass wir beide Feministen sind, würde ich sagen!« Ich habe zwar noch nie mit einer Frau geschlafen, das ist richtig, aber deswegen bin ich ja nicht total zurückgeblieben.
Martina nippt an ihrem Wodka, ich nehme einen Schluck Bier. Ich habe das Etikett zu mir gedreht, muss ja nicht jeder sehen, dass es wieder nur Malzbier ist, aber von richtigem Bier bekomme ich leider tatsächlich ganz leicht Probleme.
Martina beugt sich ganz nah zu mir, aber ich habe keine Angst. Eine Strähne ihres Haares streicht über meine Wange, aber ich weiche nicht zurück. Ihr Atem kriecht über mein Ohr, meinen Hals und meinen Nacken. Ich kann sie riechen. »Du nimmst ja Opium! Mein Lieblingsparfüm!« Sie kommt noch zwei Zentimeter näher, ihre Lippen berühren mein Ohr, und sie flüstert: »Kennst du chinesische Liebeskugeln? Ich habe mir vorhin drei Stück hineingeschoben. Kannst du dir das vorstellen? Sie sind hohl, und innen ist irgendetwas drin, und wenn ich mich bewege, bewegen sich die Kugeln, und wenn ich mich nicht mehr bewege, bewegen sich die Kugeln immer weiter.

Das, was da drin ist, so kleine Gegengewichte, die speichern die Energie. Die ganze Zeit bewegt sich das jetzt in mir!« Sie schnurrt. Mein Prinzip bei solchen Gelegenheiten: dankbar sein, Schnauze halten und gut zuhören. Martina hat eine Freundin, die schon mal ohnmächtig geworden ist beim Orgasmus, und eine andere, die immer weint, wenn sie richtig schön kommt, vor Glück weint sie dann. Und das alles erzählt Martina mir. Sie hat mir auch verraten, dass ich jedes, wirklich jedes Wort benutzen darf in Gegenwart einer Frau. Fotze, Möse – geht alles in Ordnung, hat Martina gesagt, aber sage niemals, niemals Scheide, meinte sie. Mehr sagte sie nicht dazu, aber es schien ihr wirklich ernst damit zu sein.
»Gehst du gar nicht tanzen?«, frage ich. – »Wenn ich mit diesen Dingern tanze, drehe ich durch. Das halte ich nicht aus. Ich kann ja nicht zum erstbesten Kerl gehen und sagen, du, hör mal, diese chinesischen Liebeskugeln in meiner Möse bringen mich um den Verstand, willst du mein Freund sein?!«
Sie gibt mir einen Kuss auf die Wange. »Ich hau ab. Mein Freund kommt morgen nach Hause. Halt ihn hoch!« Mir reicht es dann auch, und auf Jens muss ich nicht warten, sind nur ein paar Minuten zu Fuß nach Hause, das schaffe ich allein, und ich bin mir sicher, er auch.
Beim Einschlafen denke ich an Martina und ihre Kugeln. Ich mag es gern, wenn Frauen gut zu sich sind, und ich stelle mir vor, wie Martina die Kugeln jetzt herauszieht, langsam, eine nach der anderen. Ich weiß nicht, woher ich das weiß, ich habe ja noch nie dabei zugesehen, aber ich stelle mir vor, wenn Frauen sich selbst befriedigen und dabei die Welt und alles andere ausschalten, bekommen sie diesen unendlich fernen und gleichzeitig hochkonzentrierten Ausdruck im Gesicht, wie ihn

eben nur Frauen haben können, wenn sie etwas mit voller Hingabe machen. Männer gucken dann viel aggressiver, selbst wenn sie etwas machen, was eigentlich nur Spaß bringen soll. In dem Gesicht einer Frau, wie ich es mir vorstelle, wenn sie gut ist zu sich selbst, darin steckt für mich etwas unerreichbar Zärtliches, egal, wie oder wo oder womit sie es tut. Das ist Schönheit und Liebe, und da kann ich nur staunen und glücklich lächeln, wenn mich mal eine in dieses fremde Universum schauen lässt. Mit diesem Gedanken schlafe ich ein.

6

Als Jens am Morgen endlich in die Küche kommt, da bin ich schon durch mit dem ersten Western und lege gerade »Weites Land« ein. Mein farbloser Mitbewohner kommt direkt aus der Dusche, aber er sieht trotzdem beschissen aus. Ich trommle einen Tusch.

»Guten Morgen, mein weißer Prinz! Oder bringe ich etwas durcheinander? Ach ja, Scheiße, es muss Scheiße heißen. Also: Guten Morgen, meine weiße Scheiße! Alles klar bei dir?«, sage ich. »Du siehst beschissen aus!«

Er kratzt sich am Sack, und – ich denke an unsere Verabredung an unserem ersten Abend in dieser Küche – ich schaue mir sofort das linke vordere Tischbein an. Keine Kerbe! Nicht, dass ich es ernsthaft befürchtet hätte. »Gut, gevögelt hast du also nicht. Rührei?« – »Ist aber kein Koriander drin, oder?« Jens ist ein schwieriger Esser. Es gibt Tage, da weiß ich nicht, was ich ihm noch anbieten soll. Er mag keine Zwiebeln, keinen Knoblauch, keine Oliven, kein asiatisches Essen, wenn es nicht aus der Iglo-Tiefkühltruhe kommt, kein mexikanisches Essen und vor allem: keinen Koriander.

Wenn es nach ihm ginge, es gäbe alle Tage Tiefkühlpizza oder Tiefkühlbaguette. Frisches Gemüse bedeutet ihm nichts, und diesen BSE-Maulklauen-Gentech-Nitrofen-Hype hält er für grüne Kampfpropaganda, von der in 30 Jahren keiner mehr spre-

chen wird. Manchmal macht er es mir mit seinen unterentwickelten Geschmackspapillen wirklich nicht einfach, eine ausgewogene Kost auf den Tisch zu bringen.
»Koriander? Natürlich nicht!«, sage ich. »Ein kleiner Bund kostet 50 Cent. Den hack ich doch nicht klein, rühr ihn unter und nachher bleibe ich auf den Eiern sitzen. Nein, heute gibt es Rührei mediterran: mit Schafskäse, Tomaten, Basilikum und Thymian, alles gestern vom Wochenmarkt geholt.« – »Claudia kam gestern noch ins Nachtcafé.«
Claudia ist ein Dauerbrenner bei Jens. Ein Brenner mit niedriger Flamme und sehr wenig abstrahlender Wärme. Ihr Freund ist Surflehrer und fast nie in Kiel. Ab und zu hat sie einen neuen Freund, aber immer ist es ein Surflehrer, und er ist fast nie in Kiel. Jens findet sie sehr hübsch mit ihren großen braunen Kuhaugen und den langen braunen Haaren. Auch wenn das gemein wirkt: Für meinen Geschmack hat sie vor allem eine breite Kiste. Weil ich ein Mann bin, der die Frauen wirklich versteht, kann ich ihre Figurprobleme an ihren Augen ablesen. Bei Claudia musste ich den Kistendetektor nicht einmal anschalten, ich habe einfach gesehen, wie viel Hintern seitlich über den Stuhl hing, als sie einmal in unserer Küche saß. Nein, ich mag sie nicht.
Jens ruft sie mindestens einmal in der Woche an. Will mit ihr ins Kino, essen gehen, Party machen, Shoppen, Minigolf, egal was. Sie hat nie Zeit. Außer sie langweilt sich ganz schrecklich und bekommt ihre Depressionen, und niemand anders ist da, dann darf Jens sie manchmal irgendwohin kutschieren. »Und? Ging was?« – »Sie wollte noch an den Strand.« – »Und da hast du deine Decke ausgebreitet, und ihr habt die ganze Nacht geredet?« – »So hatte ich mir das gedacht. Sie sagte, ich muss raus hier, wollen wir nicht an den Strand fahren? Lass uns nach

Falckenstein, sagte sie, ist so schön da draußen.« – »Stimmt sogar. An einem Frühsommerabend am Falckensteiner Strand, beim Leuchtturm, hinter dir die MaK-Panzerteststrecke, um dich herum die vielen Lagerfeuer, der Mond zaubert auf die Förde ein breites leuchtendes Silberband, Schiffe gleiten durch und verschwinden wieder in der Nacht, und hinten, ganz weit im Südosten, siehst du den HDW-Kran – in so einem Moment ist Kiel eine Wucht. Hätte ich nicht gedacht, dass sie einen Sinn dafür hat. Kommt sie nicht aus Süddeutschland?« – »Und dann so eine Pleite. Ich fahr noch zur Tankstelle, wir kaufen Schokolade und Wein, und wir fahren an den Strand.« – »Klingt noch nicht nach einer Katastrophe.« – »Sie war verabredet. Ihr ganzes beschissenes Kunstgeschichte-Semester lag da herum. Was soll ich zwischen Kunstgeschichtlern?« – »Und Claudia?« – »Ich trinke unseren Wein und gucke auf die Wellen, und die ganze Zeit quatscht sie mit diesem Typen, und nach noch einer Stunde frage ich sie, ob wir mal los wollen, da sagt sie, klar, fahr ruhig schon, bist bestimmt müde, das hier ist Clemens, ich fahr nachher noch mit zu ihm!« – »Was 'ne Fotze!« Nicht, dass ich solche Ausdrücke gern benutze, aber wir reden hier von Claudia. »Ja,« sagt Jens, »was 'ne Fotze! Ich fahr sie durch die Gegend, verbrenn haufenweise teuren Sprit, und zum Dank lässt sie für einen Clemens die Muschi miauen. Mach mal lauter!«

Gregory Peck und Charlton Heston hauen sich auf die Schnauze. Heston denkt, sie kloppen sich um die Ranchertochter, weil er glaubt, dass er ältere Rechte hat an ihr. Peck ist mit ihr verlobt, aber in seinem Kopf hat er die verwöhnte Zicke längst abgeschossen. Das weiß sie bloß noch nicht und Heston auch nicht. Das ist jetzt genau das Richtige für Jens.

»Weites Land« von 1958 ist sowieso einer der besten Western. Peck

sieht verdammt gut aus, und wie er in diesem Südwesten-Kaff aus dem Zug steigt und einen nagelneuen Stetson aus dem Hutkoffer nimmt und inmitten dieser gewaltbereiten Cowboywelt den ganzen Film über ein tadellos weißes Hemd behält – das hat Klasse und hohen Symbolwert.
Und wenn man bei all dem überlegt, dass es heißt, Peck habe Western nie gemocht, dann wird das schon unheimlich, dass er gerade in diesem Genre eine so grandiose Wirkung hat.
Ingo Schröder umschreibt das Geheimnis seines Erfolgs bei Frauen so: »Interesse zeigen!« Bei den – seltenen – hartnäckigen Fällen sagt er noch, wenn du den Tiger töten willst, musst du denken wie ein Tiger. Bestimmt hat er da recht.
Aber ich nehme mir vor, lieber etwas von Gregory Peck und seinem Verhältnis zu Western zu lernen und diese Lektion auf meine noch unbefriedigende Frauensituation zu übertragen: Wenn man etwas zu sehr will, verkrampft man nur. Peck ist einer der coolsten Westernhelden überhaupt, gerade weil er es nicht darauf anlegt, cool zu sein. Ich werde also versuchen, mir einen Rest kritischer, ironischer Distanz zu Frauen zu bewahren und am meisten zu denen, die mir am verlockendsten erscheinen.

Nach dem Frühstück machen wir sauber. Und wenn ich sage, wir machen sauber, dann meine ich nicht nur die Kaffeebecher ins Spülbecken stellen und Wasser zum Einweichen in die Rühreipfanne laufen lassen. Ich meine putzen, richtig putzen. Das mag spießig und arrogant klingen, aber mir macht Hausarbeit unglaublich viel Freude, und ich bin verdammt gut darin, und glücklicherweise geht es Jens ganz genauso. Ich glaube, bei uns fügt sich das zu etwas zusammen, was ich einen positiven Energiekreislauf nenne. Wir haben Spaß beim Putzen, dadurch putzen wir besser. Wir putzen besser, dadurch haben wir noch mehr Spaß beim Putzen. So schaukelt sich das immer weiter hoch. Deshalb ist es auch wirklich so, dass wir sagen, wir gehen einmal in der Woche ins Kino, wir rufen einmal in der Woche unsere Mütter an – da muss auch einmal Putzen pro Woche reichen.

Wir brauchen für die komplette Wohnung zwei bis maximal zweieinhalb Stunden, und wir sprechen hier von über einhundert Quadratmetern, von Stuck an hohen Decken, vielen Fenstern, von Wänden voller Regale und Schaustücke und einem Balkon. Wir sind schnell, und wir sind gründlich, aber das ist keine Zauberei. Das Entscheidende: klare Absprachen, feste Aufgabenverteilung, sinnvolle Arbeitsabläufe, modernste Technik und bei allem Spaß nüchternes, zielorientiertes Vorgehen.

Ich kenne viele Frauen, die putzen, aber sie alle leiden unter einem Problem: Sie lassen sich zu leicht ablenken. Da wird als erstes das Radio angestellt, dann geht es rüber zur Talkshow im Fernsehen, das Telefon klingelt, lange keine mehr geraucht, dazu ein Gläschen Prosecco, und dann kriegen sie Appetit. Sie denken, die vielen kleinen Ablenkungen zerstreuen die Mühsal des Putzens. So wird das natürlich nichts.

Wir besprechen kurz, was zu tun ist. Die Fenster sind noch gut, die können wir uns sparen, nur in der Küche die Innenseite nicht. Der Balkon ist fällig. Den wird Jens übernehmen, dazu die Flure, ich mache Küche und Bad, und zum Schluss macht jeder sein eigenes Zimmer. Ganz einfach.

Als Nassbereichverantwortlicher bestimme ich die Hintergrundunterhaltung. Wir steigen in unsere Arbeitsoveralls. Meiner ist hellblau, die Farbe steht mir am besten, der von Jens ist rot, das betont seinen Teint, seine Helligkeit auch sehr schön,

und auf die Rücken haben wir »Feudeln, Putzen, Fegen – das ist unser Leben« aufdrucken lassen, auch wenn wir, wie gesagt, vom Fegen nicht viel halten, es ist eine der uneffektivsten Putztechniken überhaupt. Ich will den Dreck schließlich nicht durch die Gegend schieben, dafür habe ich keine Zeit, ich will ihn weghaben, und zwar sofort.
Jeder schnappt sich seine Ausrüstung aus dem Putzschrank im kleinen Flur, ich schiebe den Film »The Big Lebowski« in den Kassettenschacht der Fernseher-Video-Kombination auf unserem Hauptkühlschrank, wir streifen unsere Mapas über, unsere baumwollgefütterten Gummihandschuhe – und dann geht es los. »Aufgepasst, ihr Wollmäuse, Spinnweben und Taubenschisse – jetzt gibt's was!«, schreien wir uns in Rage.
Ich putze die Küche von oben nach unten, das heißt, als erstes wickele ich einen sauberen, trockenen Feudel um den Schrubber und bürste damit den Staub von der Decke und von den Wänden. Dann wische ich die Oberschränke. Die hängen in der Herdzeile, und das macht sie zu besonders schlimmen Schmutzfängern, denn das Fett vom Braten steigt mit dem Wasserdampf vom Kochen auf, vermischt sich mit Staub und lagert sich auf der Oberseite der Schränke ab, und wenn man da nicht regelmäßig mit fettlösendem Essigreiniger beigeht, gibt das schnell einen dicken, unappetitlichen Film. Das ist eine der banalsten Putzweisheiten überhaupt.
Dann gehe ich über zu den beiden Fenstern rechts vom Herd. Jens kommt herein, leert eine Schmutzschaufel voll Taubenkacke in den Mülleimer und bleibt vorm Fernseher stehen. In »The Big Lebowski« geht es um einen Mann, der Frieden will und Ärger bekommt, und er steht auf und wehrt sich, weil er nicht hinnehmen kann, dass irgendein Chinese kommt und ihm auf den

Teppich pisst. Und es geht um Bowling und um ein Getränk, den White Russian. Eine wichtige Szene läuft so: Der Dude, unser Mann, bekommt Drogen in seinen Drink gemixt. Er fällt in einen tiefen Rausch und hat diesen wundervollen Traum. Da sind riesige Mädchen mit sehr kurzen Röcken, und sie stehen mit gespreizten Beinen in einer Reihe. Der Dude schwebt unter ihnen durch, und dabei dreht er sich auf den Rücken, und so kann er ihnen in den Schritt hinaufgucken. Er trägt einen Arbeitsoverall, so wie wir, und tänzelt zu dem Kenny Rogers-Lied »Just dropped in to see what condition my condition was in« eine Tanzrevuetreppe herunter. Ich drehe voll auf, Jens nimmt sich den Schrubber, ich den Glasreiniger, und wir rocken die Küche.

Ich tanze ganz gern mal ein paar Schritte, und vor Jens geniere ich mich nicht. Nur in der Öffentlichkeit traue ich mich das seit dem Anja-Sörensen-Vorfall in der Tanzschulendisko nicht mehr. Jedes Mal, wenn ich an den Fenstern vorbeikomme, sprühe ich Glasreiniger auf die Scheiben, das gibt dem Zeug Zeit, sich gut zu verteilen und einzuwirken. Das Lied ist zu Ende, ich drehe die Lautstärke wieder herunter und nehme altes, zerknülltes Zeitungspapier, um auf Glanz zu gehen, wie wir das nennen. Jens stöhnt auf, lässt den Schrubber fallen, stürzt in den Flur und kehrt mit schwerem Gerät zurück.

»Hier, bitte nimm«, sagt er, »lass uns das vernünftig machen!« Er streckt mir seinen ›Hara‹ hin. Für jene, die weniger begeistert oder schlicht seltener Fenster putzen: Der ›Hara‹, das ist Fensterputzmaterial von absoluter Profi-Qualität, und wer ›Hara‹ sagt, der muss unbedingt auch ›der‹ sagen – es gibt ja Sachen, da gehört der bestimmte Artikel sozusagen fest zum Namen dazu. Selbst in Norddeutschland.

Das Problem ist: Ich lehne die Arbeit mit dem ›Hara‹ ab. Ich habe das Gerät verschiedene Male getestet, und sicher, manchem mag es hilfreich in der Hand liegen, aber ich weiß nicht, was ich damit soll. Meine Oma hat mir gezeigt, wie ich Fenster putzen soll, mit Essigwasser oder Sprühglasreiniger und Zeitungspapier, und auf die Art bekomme ich Scheiben in Nullkommanichts schlierenfrei sauber. Was, um Himmels Willen, soll ich also mit dem ›Hara‹? Das weiß ich wirklich nicht. Ich höre ja auch nicht auf, Treppen zu steigen, nur weil es Fahrstühle gibt.

»Was soll ich mit dem Ding?«, frage ich. – »Bitte nimm den Hara«, sagt Jens, »er ist gründlicher!« – »Ich putze die Küchenfenster mindestens alle zwei Wochen. Blitzblank. Auf meine Art. Und hast du je Schlieren auf den Scheiben gesehen?« – »Bitte nimm den Hara! Er ist gründlicher!« – »Wie kann ein Fenster sauberer sein als blitzblank und schlierenfrei? Was soll ich also mit dem Ding?« – »Die Schönheit liegt im Einfachen!«, höre ich John Goodman in dem »Big Lebowski«-Video sagen. Das ist genau meine Haltung. – »Der Hara ist gründlicher! Und er ist besser fürs Glas!« – »Unsere Fenster sind nicht aus Glas. Das ist Kunststoff!« – »A-ha, es geht hier also um Materialwissenschaft. Dann sag mir doch was zur Oberflächenstruktur von Kunststoffen. Erklär mir, warum die nicht zerkratzen, wenn man du mit altem Zeitungspapier darauf herumschmirgelst.« – »Altes Zeitungspapier ist ja auch bekannt dafür, große Massaker unter Thermoplastscheiben anzurichten.« – »Quatsch nicht blöd rum, wenn du keine Ahnung hast! Papier ist enorm reißfest und hart. Und wenn da Ecken und Kanten drin sind, reißt du ganz leicht Mikrofasern aus dem Kunststoff. Man kann sich sogar schneiden an Papier.« – »Ritsch-ratsch!«

Das hätte ich nicht sagen sollen. Jens hält viel auf sein naturwissenschaftliches Spezialwissen, und er hat Angst, dass ich das

in Frage stellen will, wenn ich so eine freche Bemerkung mache. Er kriegt schon seine roten Flecken im Gesicht. Jens ist, ich weiß nicht, ob das richtig klargeworden ist, ein sehr, sehr blasser Typ. Er hat keinen Teint, er ist hell. Nur wenn er sich aufregt, fließt etwas mehr Blut als sonst in sein Gesicht. Er bekommt davon einen roten Fleck unter jedem Auge, je einen auf den Wangenknochen, und die Nase leuchtet ein kleines bisschen weniger weiß. Genau genommen sind das keine roten Flecken, dafür hat wahrscheinlich nicht einmal Jens' Blut genug Farbe. Ein ganz zartes Ferkelchenrosa, das trifft es besser, und sie sind winzig klein, diese Aufregungspunkte, aber ich kenne Jens so lange, ich weiß, was das alles bedeutet.
Er denkt, ich mache mich darüber lustig, dass er sich so gut in Kunststofffenster und ihre Gefährdung durch zerknülltes Zeitungspapier hineinversetzen kann. Ganz ehrlich: Nichts läge mir ferner. Jens war immer sehr gut in Mathe, Chemie, Biologie und Physik. Selbst in der Schule war das so. Und mit dem, was Jens in diesen Fächern gelernt hat, versteht er die Welt und ihre Zusammenhänge viel besser als ich. Und ich bin dankbar, dass er seine tiefe Einsicht in das Wesen der Dinge bereitwillig mit mir teilt, denn ich lerne gern dazu. Und er weckt mich mit seinen Vorträgen immer wieder aus meiner intellektuellen Trägheit. Ich habe nämlich die Neigung, Dinge einfach nur schön zu finden. Ich meine, mir genügt es vollkommen, Schönheit, worin ich sie auch finden mag, wahrzunehmen und mich an ihr zu freuen. Damit bin ich voll ausgelastet. Vielleicht habe ich Defizite im analytischen Denken oder ein ähnliches Problem. Jedenfalls überlege ich oft noch nicht einmal, warum etwas wohl genau so ist, wie ich es sehe oder empfinde. Jens ist ganz anders. Er verwendet nur einen kleinen Teil seiner Energie auf die Wahr-

nehmung und auf seine Gefühle dazu. Er konzentriert sich auf die wissenschaftlich-kritische Analyse. Wie in unseren Ferien auf Island. Einmal hielten wir mittags mitten in einer weiten Hochebene. Kein Mensch, kein Baum, kein Strauch, nicht einmal Flechten gab es dort, denn Island ist üppig, wo es üppig ist, und sehr karg, wo es karg ist.
Stundenlang waren wir in unserem VW-Kübel durch diese Wüste gerumpelt, und wir waren hungrig. Ich wollte Reis mit Bohnen und Trockenfisch und danach Kaffee und Pfannkuchen mit Apfelmus machen. Wir stiegen aus und gingen ein paar Schritte vom Auto weg. Unglaublich still da draußen, noch nicht einmal ein Vogel trällerte. Wir hörten nur den Wind, und obwohl ich immer in Schleswig-Holstein gelebt habe – noch nie habe ich einen Wind gehört wie in dieser Hochebene auf Island. Das war kein hektisches, wütendes Blasen, das dir an den Klamotten zerrt und die Frisur durcheinander bringt. Es war ein tiefes Rauschen oder Raunen, wie ein fetter Basston, langsam und gleichmäßig und treibend, und es klang, als käme er von weit her, dieser Ton, direkt aus dem All und aus uralten Zeiten. Vielleicht so eine Art kosmische Ambient-Musik.
Viel Zeit hatte ich nicht, der Stille zu lauschen und den Wind zu fühlen. Jens ist Stille peinlich. Er denkt, wer schweigt, ist böse oder beleidigt. Wenn man nicht böse oder beleidigt ist, erzählt man sich etwas. Warum also sollte er in dieser Hochebene leise sein? Wir hatten keinen Streit. Noch nicht einmal eine blöde Stimmung. Den ersten Urlaubskoller hatten wir längst hinter uns. Den will ich kurz erzählen, dann komme ich wieder zurück zu der Sache mit der Hochebene, wo es ganz still war bis auf das Atmen des Universums. Das Jens dann zerplapperte.

Unseren ersten Streit, den gab es gleich am Anfang der Reise. Das war die Dosenkrise. Zu der war es so gekommen: Um die Arbeit zu teilen, hatten wir uns bei Beginn der Reise überlegt, Jens kümmert sich um den Zeltbau, also abends aufbauen und morgens einpacken, und ich koche. Das war das, was wir beiden am besten konnten, denn er ist geschickt, und ich habe Geschmack. Wenn das Zelt mal schief stehen würde, sollte ich nicht lästern, und er sollte mir in der Küche nicht dazwischen quatschen.

Dann regnete es eine Woche lang, und die Temperaturen stiegen nicht über sechs oder sieben Grad. Unsere Klamotten, die Schlafsäcke, sogar wir – alles klatschnass und kalt. Wir mussten viele Flüsse durchfahren und oft aus- und wieder einsteigen. Das Wageninnere war eine Pfütze. Die Etiketten lösten sich von unseren Mais- und Bohnen- und Tomaten-Dosen, so dass wir nicht mehr wussten, was wir essen würden, bis es aus der Konserve gefallen war. Wir bekamen schlechte Laune.

Nach sieben Tagen kochte ich Reis. Ich öffnete eine Dose Gemüse, um Vitaminzufuhr zu simulieren und dem Reis seinen inzwischen muffigen Geruch zu nehmen. Jens sah, wie ich den Öffner in das Blech trieb und bekam einen Schreikrampf. Ich benutze beim Camping einen extrem kleinen Dosenöffner, genau dasselbe Modell, mit dem auch die schwedische Armee ihre kämpfende Truppe ausrüstet. Ich vertraue Schweden. Jens normalerweise auch. Weichgespült vom Regen und der Kälte stürzte er zu der Expeditionskiste mit seinen persönlichen Habseligkeiten und holte seinen eigenen Dosenöffner heraus. »Nimm den, der ist viel besser!« Ich war beleidigt.

Er hatte sein eigenes Gerät mitgenommen. Und er mischte sich ins Kochen ein. Offenbar traute er mir nicht. »Geht sehr gut mit meinem. Aber vielen Dank!« – »Dein Ding ist viel zu grob. Damit spanst du jede Menge Metall von der Dose, und ich kau nachher darauf herum!« – »Bis jetzt hattest du keine Späne im Essen, oder?!« – »Ich muss ja nicht warten, bis etwas passiert!« – »Die schwedische Armee gibt diese Öffner an ihre Soldaten aus. Vielleicht beschäftigen die auch einen Ingenieur, der die Dinger vorher getestet hat!« – »Wir sind nicht bei der schwedischen Armee, und ich habe keine Lust, Metallsplitter zu schlucken! Du könntest dich ja mal wie ein Erwachsener benehmen und einfach auf mich hören, statt trotzig zu reagieren, nur weil es jemand besser weiß!«

Ich nahm meinen Dosenöffner, rührte alles zusammen, und wir aßen. Danach starrten wir auf die Felswand 20 Meter vor uns und schwiegen eine Stunde, dann hielt Jens mir ein Bier hin und sagte »Trink, wird auch nicht kühler!«. Das war die Dosenkrise, und am nächsten Tag schien endlich die Sonne, und das war unser einziger Streit in den Ferien auf Island.

Keine Spur von Ärger also in dieser stillen, weiten Hochebene. Im Grunde ideale Voraussetzungen, ein paar Minuten friedlich schweigend nebeneinander zu stehen und zu lauschen und zu fühlen, wie man eins wird mit allem, was da ist und was da war und allem, was sein wird; wie die karge Landschaft und das dunkel pulsierende Rauschen des Windes das Herz und die Seele aufmachen und man leicht und groß wird und trotzdem ganz fest auf diesem schweren Boden steht. Wahrscheinlich empfinde ich das so, weil ich nach der ayurvedischen Heillehre ein Kappha-Typ bin. Mein Element ist die Erde.

Ich bin also eher behäbig, und meine große Gegensatzenergie, das ist die Luft, und deshalb macht Wind mich wuschig, und dann bekomme ich krause Gedanken. Die ich gar nicht immer teilen muss. Weil ich Jens so gut kenne, weiß ich: Er kann das nicht, Gedanken für sich behalten und friedlich mit jemandem zu schweigen. Ich spürte, er stand hinter mir und suchte nach einem Gesprächsthema. »Hör mal … ! Hörst du das? Was für eine Ruhe! Ach, einfach herrlich!«

Dann jodelte er und rief laut ›Hallo‹, wie es sonst nur schwäbische Touristen tun. Das war mir peinlich, auch wenn außer uns niemand da war, dem dieser Krach hätte weh tun können. Ich litt, aber ich sagte nichts. Endlich fand Jens einen echten Knüller. Unsere Hochebene, sie war flach wie ein Brett. Aber etwas oder jemand hatte das Brett ganz leicht schief gestellt, es fiel nach Südosten hin ab. Ganz leicht nur, gerade so, dass man es erst nach einer Weile bemerkte. Ich dachte zuerst, dass mit meinem Gleichgewicht etwas nicht stimmte. Mir wurde ein bisschen schwindelig, wenn ich auf den südöstlichen Horizont blickte. Ich aß einen Riegel Schokolade und trank einen Schluck Wasser, aber dieses Schwindelgefühl blieb. Unterzuckerung war es also nicht. Schließlich schaute ich auf den Neigungswinkelmesser im Auto, zog meinen Taschenkompass aus seinem Lederfutteral an meinem Gürtel, und dann war alles klar: Wir befanden uns in Schieflage.

Ich weiß nicht, ob das allen Menschen so geht, vielleicht bin ich damit ja gar kein Einzelfall, aber eine weite Ebene und am Horizont ein paar Berge, das ist eine meiner Lieblingslandschaftsformen. Aber wenn diese Ebene schief ist, dann wird mir schwindelig. Und je weniger sie schief ist und je später ich es merke, desto schwindeliger wird mir. Ich muss mich erst hinhocken und so den Horizont verkleinern, dann gewöhnt sich mein Körper allmählich daran. Dass wir mitten in einer Ebene parkten und erst nach ein paar Minuten merkten, dass es eine schiefe Ebene war, das war natürlich ein gefundenes Fressen für Jens. Jetzt hatte er sein Thema.

»Bestimmt war das so, dass es im Norden einige Vulkanausbrüche gegeben hat und dadurch diese ganze Ebene dort angehoben wurde.« Einen Augenblick versuchte ich, meine Meditation wieder aufzunehmen, dieser Stille noch einmal nachzuspüren, aber innerlich wusste ich: Die Ruhe war verloren.

Ich machte Feuer und schnitt Zwiebeln und stampfte Knoblauch, und zwischendurch machte ich ein interessiertes Gesicht und nickte zu dem, was Jens mir über die Beschaffenheit dieser Hochebene, der Insel und der Welt verriet.

Nein, wenn er erst einmal in Fahrt ist, ist Jens nicht zu stoppen. Dann müssen seine Theorien unter die Leute, ob die Leute sie nun hören wollen oder nicht. Ich habe alles versucht, ihm den Wert gelegentlicher Stille nahe zu bringen. Aber egal, was ich auch versuche, ihn nieder schweigen, ihn bestätigen – »Jaja, du hast vollkommen recht!« – ihm Gewalt androhen, das regt seinen Redefluss nur noch mehr an.

Also lasse ich ihn reden über Zeitungspapier und zerkratzte Thermoplastfenster, über die vielen Unfälle im Haushalt und die Gefahr von Atemwegserkrankungen durch Glasreiniger und darüber, wie all dies mit dem ›Hara‹ zu vermeiden wäre. Ich lasse ihn reden und putze weiter, und er läuft mir die ganze Zeit hinterher und redet und redet.

Irgendwann setze ich mich erschöpft auf unsere Eckbank. Ich nehme ein Buch, das zufällig neben mir liegt, und blättere darin. Das ist so ein Schutzreflex, ein Ausweichmanöver. Ich muss mich einen Moment lang auf etwas anderes konzentrieren, sonst macht mich Jens' Perma-Plapperei wahnsinnig.

Es ist mein Homöopathiebuch. Ohne nachzudenken, schlage

ich Seite 53 auf. Hier wird der Arsenicum-Album-Typ vorgestellt. Wie in Trance lese ich laut vor: »In Auftreten, Denken und Handlungen zeigen Arsenicum-Album-Menschen penible Detailgenauigkeit. Aus Unsicherheit entwickeln sie vielfältige Pläne und Strategien, um für alle Eventualitäten gewappnet zu sein. Sie haben zu allem eine feste Meinung, äußern diese häufig in Form scheinbar endloser Selbstgespräche und reagieren auf die Ideen und Ansichten anderer höchst intolerant.« Wir sehen uns an.

»Extrem blasse, feine Haut, sehr angespannt und unruhig, ängstlich besorgt um alles, hasst es, sich schmutzig zu machen.« Klar, warum habe ich da nicht früher dran gedacht. Jens kann gar nichts für seine Besserwisserei. Er ist ein Weißarsenik-Mensch. »Hühnerscheiße«, brüllt Jens, »ich bin nicht angespannt. Ich rege mich nicht schneller auf als jeder andere. Und ich bin nicht blass, ich bin Nordeuropäer.« Jens knallt die Tür und verschwindet in sein Zimmer, und ich denke, Tiger, Wassermann, Arsenicum Album – mein Mitbewohner hat es auch nicht nur leicht.

Und dann ist es 18 Uhr, und es klingelt. Corinna Schüßler, fährt es mir in den Kopf. Damit war zu rechnen, dass sie klingelt, sie will sich ja unser freies Zimmer ansehen. Aber dass sie so pünktlich ist, das erschreckt mich jetzt doch. Obwohl ich dachte, dass ich das inzwischen besser im Griff hätte. Also eine, die es ganz genau nimmt. Vielleicht will sie auch immer bestimmen. Mir wird ein bisschen schlecht vor Aufregung, aber weil Frauke, meine Homöopathin, gesagt hat, ich soll mich zwingen, bei jedem Kontakt zu Frauen meine Grenzen ein Stück weiter hinaus zu schieben, gehe ich in den Flur und schiebe die Gardine

vor dem Fenster in der Tür ein kleines Stück zur Seite. Da stehen zwei Frauen und sehen mich an. Ich lasse die Gardine schnell wieder zurück gleiten. Zwei Frauen. Warum stehen da zwei Frauen? Es wollte doch nur eine kommen.
»Ja, bitte?«, frage ich durch die geschlossene Tür. »Schüßler. Corinna Schüßler. Guten Abend, ich wollte mir das Zimmer ansehen. Hier ist doch bei Lindemann?« – »Und die andere?« – »Das ist meine Freundin, die hat mich hierher gefahren!« Klingt plausibel. Ich gehe in mein Zimmer, ziehe ein sauberes weißes Hemd an, öffne die Zwischentür und reiße Jens den Kopfhörer von den Ohren. »Sie ist da. Und sie hat Verstärkung mitgebracht!« Jens schlüpft in seinen blauen Club-Blazer mit dem Wappen der Tischtennissparte der Sportvereinigung Kiel-Pries auf der Brusttasche.
Dann sehen wir im Badezimmer und in der Küche nach, ob nach dem Putzen alles seinen Platz gefunden hat. Ich entdecke einen Sidolinfleck auf der Käfer-Radkappe im Flur, poliere sie schnell über und gebe etwas Klarlack hinterher. Wir sind sehr stolz auf diese Radkappe. Sie stammt von Jens' erstem Auto, einem 1200er von 1964. Er hat sie verchromen lassen. Später schrieb Heike Henkel ihr Autogramm darauf. Mit einem roten Edding. Auch wenn sie niemand mehr kennt und sie längst anders heißt, aber sie war ja mal Kielerin, das vergessen wir nicht. Jens kommt aus der Küche. »Du hast das Altpapier auf der Eckbank gelassen. Das sollte doch wohl kaum da bleiben?! Ich hab es wieder unter die Bank geschoben!« Er findet immer etwas. »Danke!«, sage ich. Nun wollen wir die beiden Damen nicht länger warten lassen.
Wir öffnen die Tür. Rechtzeitig, sie wollten offenbar wieder gehen, die erste Treppe haben sie schon geschafft. »Habt ihr es

euch anders überlegt?«, sage ich fröhlich. »Das ist Jens Lindemann!« – »Wir haben drei Minuten vor der verschlossenen Tür gewartet. Irgendwann wird es ja auch mal dunkel, und dann wollten wir zu Hause sein!« – »Die Sonne wird heute erst um 20 Uhr 37 untergehen. Da ist noch massig Zeit!«

Ich weiß nicht genau, warum, aber wir versuchen, den bestmöglichen Eindruck zu machen. Wir sind unheimlich fleißige Studenten, sagen wir, entweder wir studieren oder wir kochen was Schönes oder wir sehen zusammen fern. Oder wir putzen, und das erklären wir auch gleich, dass wir keinen Putzplan haben, uns macht Putzen Spaß, da muss uns kein Plan dran erinnern.

Ich sehe den Blick, den Corinna und ihre Freundin wechseln. Zusammen fernsehen, gern putzen, und dann diese wahnsinnig gemütliche Küche – da steckt wieder dieser unausgesprochene Schwuchtel-Vorwurf drin, in diesem Blick, dem wir manchmal begegnen, bis die Leute mehr über uns wissen. Manchmal gucken sie dann erst recht so. Das liegt auch daran, dass Jens und ich immer zusammen zu sehen sind, niemals mit Frauen, und dass wir uns so lange kennen. Oft spricht er etwas aus, was mir gerade im Kopf herum geht, und er sagt es genau in meinen Worten. Und umgekehrt. Und wenn der eine ein bisschen braucht, einen Satz zu Ende zu bringen, springt der andere ein. Das liegt vielleicht an der Eindimensionalität unserer Gedanken, daran, dass wir nur eine Handvoll Themen zur Auswahl haben, und deshalb finden wir uns im anderen so gut zurecht wie ein altes Ehepaar.

Zum Abschluss, ich habe Tee gekocht, und wir sitzen in der Küche, erläutern wir Corinna mit ernsten Gesichtern die wichtigste Hausregel. »Wenn du hier einziehen solltest«, beginne ich, »wirst du Mitglied einer Gemeinschaft. Einer Gemeinschaft …«

– »… die sich auf gegenseitiges Vertrauen gründet …«, ergänzt Jens. »… und dieses gegenseitige Vertrauen wird dadurch gesichert, dass jeder gleich viele Möglichkeiten hat, das Vertrauen der anderen zu missbrauchen«, fahre ich fort.

Corinna und ihre Freundin gucken irritiert auf den Kühlschrank. Ich habe Fotos vergrößert und auf die Tür geklebt. Fotos von meinem Urlaub auf Grönland, aufgenommen auf dem Fleischmarkt von Sisimiut. Fleischmarkt klingt vielleicht zu pittoresk. Auf alten Kartonpappen liegen aufgebrochene Robben. Daneben eine Leber. Ein kleines Stück fehlt, das haben die Jäger roh abgekaut.

In einer ungekochten Robbenleber stecken sehr viele Vitamine und Proteine, deshalb musste ich als Kind ja auch Lebertran schlucken, jeden Tag einen Esslöffel, um meine schwache Konstitution zu stärken. Und ein Tisch, da in Sisimiut, der ist voller Eingeweide, und überall ist Blut, dickes, klebriges Eingeweide-Blut. Das ist auf meinen Grönland-Fotos ganz gut zu erkennen, das sehe ich in den Gesichtern von Corinna und ihrer Freundin.

»Kein Herrenbesuch nach 22 Uhr und sonntags nicht zwischen 12 und 15 Uhr!«, bringt Jens die Sache auf den Tisch. »Aber das ist ja im Grunde eine Selbstverständlichkeit!«, assistiere ich. Wieder gucken sich die beiden Mädchen an. Die Freundin gibt Corinna einen Klaps aufs Knie. Unter dem Tisch macht sie das, aber ich merke es trotzdem, weil ich sehen kann, wie ihr Ellenbogenstreckermuskel zuckt und sich wieder entspannt. »Ich melde mich morgen oder so«, sagt Corinna, dann brechen sie auf. Ziemlich hastig, irgendwo zwischen Unverständnis, Befremden und Entsetzen ist ihnen wohl die Lust vergangen, noch mehr Zeit mit uns zu verbringen.

»Vielleicht hätten wir den Witz mit dem Herrenbesuch auflösen sollen. Das hat die ziemlich erschreckt, glaube ich!«, sage ich, als wir wenig später in Jens' Zimmer sitzen und eine Kassette mit alten Folgen von »Friends« ansehen. »Vielleicht sollten wir das wirklich machen, kein Kerl nach 22 Uhr! Außerdem, so wie sie aussieht, wird da nicht viel Herrenbesuch auf uns zu kommen!« So brutal hätte ich das nicht ausgedrückt, ich finde, jede Frau ist auf ihre Art schön, und das sage ich nicht nur, um Punkte zu sammeln, das wäre billig. Aber dass Corinnas Schönheit mir den Atem nimmt, so weit würde ich dann auch wieder nicht gehen, da denkt Jens schon in die richtige Richtung. »Courteney Cox ist attraktiver, da hast du recht!« – »Courteney Cox ist magersüchtig. Ich nehme lieber Rachel, die sieht gesünder aus. Und sie arbeitet bei Ralph Lauren, das ist cooler als für Geld kochen wie deine Monica.«
Damit das kein Durcheinander gibt: Courteney Cox spielt in der Serie Monica, die finde ich besser, und Jens' Favoritin Rachel heißt in echt Jennifer Aniston und ist mit Brad Pitt verheiratet. Ich sage Jens immer, pass auf, das ist nur Fernsehen. Jemand hat sich diese Geschichten ausgedacht und aufgeschrieben, und Schauspieler werden bezahlt, sie mit Leben zu füllen. So läuft das heutzutage. Es ist alles nur gespielt, sage ich. Aber für Jens sind das längst reale Figuren, und deshalb spricht er sie nur noch mit ihren Seriennamen an. Ich lasse mich da nicht mit hineinziehen. »Courteney Cox ist so was von nicht magersüchtig. Ist doch alles dran. Sie ist eben ein filigraner Typ. Und sie hat keinen Haarfimmel wie Rachel. Jede Folge eine neue Frisur – das ist pathologisch!« – »Ich finde es schön, wenn eine Frau ihre Haare pflegt!« – »Weil du selbst keine hast, wenigstens keine, die man sieht!« – »Deine Monica musste in einem mie-

sen Springsteen-Video tanzen, um halbwegs entdeckt zu werden. Rachel ist der Star der Serie, und ich schwöre dir, sie wird noch richtig fett rauskommen in Hollywood.« – »Und wie sie fett wird. Zwei, drei Jahre noch, höchstens! An den Oberarmen und an den Hüften wird man es bald schon sehen. Von diesem Anblick wird Brad Pitt endgültig die Hetero-Lüge vergehen, er gibt zu, dass er schwul ist, Jennifer Aniston muss sich mit einem alten, dicken, schwitzenden Kreisliga-Produzenten behelfen, und von da ab geht es bergab mit ihr. Ganz schnell! Richtig fett!« Natürlich sieht Courteney Cox viel besser aus als Jennifer Aniston. Vielleicht ist Aniston sogar ein bisschen hübsch, das will ich nicht abstreiten, dass manche das so sehen könnten, aber sie ist gefangen im Bewusstsein ihres Aussehens. Ich glaube, viel mehr als Prada und teure Pflegeprodukte und ein guter Föhn stecken da nicht hinter.

Courteney Cox aber hat Sinn für Humor. Das sehe ich in ihren Augen und an ihrem Mund. Und dieser leise Spott im Gesicht einer Frau, der ist mir das liebste; da bin ich hin und weg, wenn ich sehe, dass eine das hat. Denn der unterschiedliche Humor, der ist es, der Männer und Frauen am häufigsten trennt, viel mehr als die Aufgabenteilung in einem modernen Haushalt oder dass Frauen sich niemals für Geschichte interessieren oder dass Männer keine Kinder gebären können.

Aber manche Frauen haben es eben doch, dieses Funkeln, an dem ich erkenne, dass sie staunen können und Ironie verstehen und dass sie über sich lachen können und über das meiste sonst, und dieses Funkeln wird genährt aus einer neugierigen, aber gelassenen Liebe zu den Menschen und zum Leben.

Dass mein Mitbewohner nicht sieht, was Courteney Cox hat und was Jennifer Aniston fehlt und niemals haben wird, trage

ich ihm natürlich nicht nach. Wie soll Jens das auch erkennen? Wenn es um Optik geht, wer traut dem Urteil eines Mannes mit links drei Komma fünf und rechts vier Dioptrien?
Als weiteres Argument legt Jens die Kassette mit der Folge ein, wo sich alle überlegen, wie es hätte kommen können, wenn alles anders gekommen wäre. Er denkt, das ist ein geschickter Schachzug, mich doch von Jennifer Aniston zu überzeugen, denn in dieser Folge ist Monica ja dick. Ungefähr so dick und unförmig wie ein Manati und genau so schwer, so dick und schwer, dass das Sofa umkippt, wenn sie sich zu den anderen darauf setzen will. Keine Ahnung, wie sie das gemacht haben, dass Courteney Cox so dick aussieht, vielleicht viel Schminke und einen aufblasbaren Anzug unter der Garderobe, aber dass sie diesen Spaß mitmacht, beweist ja, wie recht ich habe mit der Sache mit der Selbstironie.
Ich bin mir übrigens bewusst, dass Courteney Cox verheiratet ist und Cox-Arquette heißt. Ich bleibe aber bei ihrem alten Namen, ich nenne sie weiter Courteney Cox, ich blende aus, dass sie schon vergeben ist, und bewahre mir so die Illusion ihrer Erreichbarkeit. Geht also voll nach hinten los, Jens' Schuss auf Courteney. Andererseits kann Aniston in dieser »Was wäre wenn?«-Folge nicht einmal mit ihrer Dauerhysterie vertuschen, wie dämlich sie ist. Und weißlackierte lange Fingernägel sind auch nicht mein Ding.
»Weißlackierte lange Fingernägel! Damit kratzt sie dir den Rücken blutig, und wenn ihr so ein Ding in deinem Schulterblatt stecken bleibt und abbricht, heult sie, und du musst sie auch noch trösten. Das ist alles so unnatürlich!« Jens sagt nichts. Wir wechseln noch einmal das Band und sehen uns aus aktuellem Anlass an, wie Elle MacPherson Joeys neue Mitbewohnerin wird.

Elle MacPherson ist sowieso schon Elle MacPherson, die ist körperlich ja extrem gut beieinander, und dann spielt sie noch eine Tänzerin. Mit ihrem leichten Überbiss und dem eingemeißelten Dauerlächeln wirkt sie nicht zu tiefsinnig, aber dafür macht sie tolle Dehnungsübungen im gemeinsamen Wohnzimmer. Wir können Joeys Aufregung gut nachvollziehen. Das macht ja den Reiz von »Friends« aus, dass da Sachen passieren, die man sich sehr gut vorstellen kann, ob Matthew Perry nun Courteney Cox poppen darf oder Elle MacPherson Dehnungsübungen im gemeinsamen Wohnzimmer macht.
»Stell dir vor, so eine würde hier einziehen.« – »Ich würde jeden Abend lecker kochen, damit sie nie raus muss in den Regen.« – »Und ich würde ihr Auto reparieren, damit sie nicht auf der Autobahn eine Panne kriegt und sich von einem schmierigen Lkw-Fahrer helfen lassen muss.« – »Und ich würde sie so lange vögeln.« – »Oder sie würde ahnen, dass du dich eh nicht traust, und lieber mit in die Garage kommen und mir zusehen, und dass ich mit meinen großen, ölverschmierten Händen so feinfühlig an einem Motor arbeite und mein stinkender Blaumann würden sie fertig machen, sie würde sich auf die Werkbank setzen, den Rock hochschieben und sagen: Bitte, Jens, ich glaube, mit dem Zündzeitpunkt stimmt was nicht, kannst du mich noch mal durchmessen?!«

7

Das größte Wunder von allen passiert drei Tage später: Corinna ruft an und sagt, ihre Freundin hat ihr zwar dringend davon abgeraten, die hält uns für total krank, aber sie möchte das Zimmer trotzdem haben. Corinna sieht nicht aus wie Elle MacPherson, aber Kiel ist auch nicht Manhattan, und so geben wir ihr den Zuschlag. Wem auch sonst, andere Interessenten hat es nie gegeben.

Corinna zieht gleich am nächsten Morgen ein. Jens ist gerade zu seiner Fachhochschule gefahren, und ich bin mittendrin in meinem Morgengruß, da klingelt es, und nach einer Minute klingelt es noch einmal, und weil meine Konzentration nun ohnehin im Eimer ist, kann ich auch genauso gut die Tür öffnen. Und eins muss ich mal sagen: Beim Yoga gestört zu werden ist noch schlimmer, als gar nicht erst anzufangen mit den Übungen. Das bringt mich dermaßen aus dem Gleichgewicht. Ich reiße die Tür also schlecht gelaunt und unausgeglichen auf und keife ganz spontan: »Eine bessere Zeit hättest du dir nicht aussuchen können!«

Vor der Tür stehen Menschen. Ganz vorn steht Corinna, und sie hält eine Yucca-Palme im Arm. Dahinter, so weit ich die Treppe einsehen kann, sechs oder sieben Mädchen, beladen mit Bücherstapeln und Bildern und Klamottenhaufen und Bettwäsche. Die halten mich jetzt also alle für ein Arschloch, weil ich meine neue Mitbewohnerin so zickig begrüße, anstatt sie herzlich willkommen zu heißen. Ich mache mir eine Kanne Tee. Ich liebe zwar Kaffee, aber mehr als zwei, drei Tassen über die Woche verteilt kann ich nicht trinken. Bei besonderen Anlässen auch einmal ein Kännchen, das ist klar, aber danach mache ich dann eine längere Pause. Ich kann ja nicht mehrmals täglich Yoga machen und meditieren und meine Mitte suchen und mich im nächsten Moment mit solchen starken Substanzen aufputschen.

Dass mir Kaffee aber auch gar nicht gut bekommt, will ich auch nicht verheimlichen. Ich will nicht zu sehr ins Detail gehen, aber meine Oma hatte Arthritis, und wie zwei Drittel der Bevölkerung lebe auch ich unter der ständigen Furcht vor krankhaften Venenerweiterungen. Ich achte deshalb sehr auf meinen Säurespiegel. Kaffee, Schokolade, Orangensaft, Mehlprodukte – alles nur noch in Maßen. Lieber mal eine schöne Kartoffel, die ist basisch, das schützt vor Übersäuerung. Genau wie Zitronen, komischerweise. Während Corinna und ihre Freundinnen durch das Haus und die Wohnung poltern, mache ich mir also eine Kanne Tee.

Ich mische grünen Tee und Gingko, das ist gut fürs Herz, für die Verdauung, die Konzentration – gut für quasi alles. Und soll auch noch vor Krebs schützen. Es ist Donnerstag, zehn Uhr, also rufe ich – wie jeden Donnerstag um zehn Uhr –, genau, Frauke, meine Homöopathin, zu unserer Gesprächstherapiestunde an.

»Wie ist es dir ergangen?«, fragt Frauke. Sie eröffnet unser Gespräch immer mit dieser Frage. »Ich wohne jetzt mit einer Frau zusammen!«, platzt es aus mir heraus. Das überrascht mich: Es klingt beinahe ein bisschen stolz, wie ich das sage. »Und wie fühlst du dich dabei?« – »Ich weiß nicht, die haben mich beim Yoga gestört. Hätte ich sie lieber nicht hier einziehen lassen sollen?« – »Hast du denn das Gefühl, dass es noch zu früh für so einen Schritt ist?«

Wir schweigen zusammen. Das gehört auch dazu. Denn Frauke soll meine Probleme ja nicht durch schlaue Sprüche für mich lösen, das kann ich nur selbst, hat sie gesagt, aber sie pickt mich da, wo es weh tut, ganz behutsam, und dann bricht dieser angestaute Leidensdruck aus mir heraus. Und sucht sich hoffentlich gesunde Bahnen. Dieses gemeinsame Schweigen und Nachdenken, das geht ganz schön tief.

Ich schlucke ein paar Mal, aber es ist nicht aufzuhalten, und dann weine ich eben. Das macht mich bestimmt nicht sympathischer, dass ich einfach so heule, aber die Gespräche mit Frauke sind so ungeheuer befreiend. Natürlich würde ich mich in Grund und Boden schämen, wenn Jens mich so sehen würde. Obwohl ich glaube, ein bisschen Heulen hat noch keinem Mann geschadet.

Ich putze mir die Nase. In diesem Moment geht meine Zimmertür auf. Hinter Corinna stehen noch zwei Mädchen. Sie starren mich an. Ich kann sehen, dass sie wissen, was hier gerade passiert ist. Corinna wird knallrot.

»Können wir den Staubsauger aus dem Küchenputzschrank benutzen? Nur ganz kurz?« Dann dreht sie sich zu ihren Freundinnen. »Mutti will mir einen Staubsauger schenken. Aber ich bin erst übermorgen wieder in Süderbrarup!« – »Fährst du mit dem Zug, oder leiht Steffi dir ihr Auto?« – »Kannst sonst auch unseren Wagen haben. Jürgen fährt diese Woche mit der Fahrgemeinschaft zur Arbeit.« Und das besprechen die in aller Ruhe, während ich in meiner Yoga-Ecke auf dem Boden sitze, um

mich herum Kerzen und mein Gips-Buddha und eine Kanne Tee, am Ohr das Telefon, und die Tränen laufen noch meine Wangen herunter.
Ich drücke mit dem linken Ringfinger mein linkes Nasenloch zu und atme durch das rechte tief ein. Ich schließe rechts mit dem Daumen und atme nach links aus. Im Schoß von Buddha brennt eine Kerze. Ich puste sie aus. Frauke unterbricht unser Schweigen: »Ich fühle da eine Wut in dir! Hast du das Bedürfnis, die jetzt rauszulassen?«
Ich drücke die ›Rufteilnehmer-Stumm‹-Taste und brülle meine drei ungebetenen Gäste hinaus. Ohne Klopfen hereinkommen, sehen, was da abgeht bei mir, und dann blöd dastehen, anstatt Entschuldigung zu sagen und abzuhauen – kann ich gar nicht fassen, so wenig Takt.
Ich verbinde mich wieder mit Frauke. Die neueste Entwicklung scheint sie sehr zu beschäftigen. Sicher, dass ich Siggi und Antje und Kathrin auf die Brüste gestarrt habe, findet sie ganz toll. Es geht ihr dabei natürlich weniger um die Brüste als darum, dass ich endlich lerne, selbstbewusst zu dem zu stehen, was ich möchte und was nicht. Dass ich mit Corinna telefoniert und einen Termin ausgemacht habe und dass ich zugestimmt habe, dass sie bei uns einziehen kann, darüber freut sich Frauke auch sehr. Und den größten Teil dieses Erfolges habe ich eindeutig ihrer Behandlung zu verdanken.
Ich habe während unserer Gespräche zum ersten Mal darüber geredet, wie sehr mich solche Niederlagen wie die Schlappe mit Anja Sörensen verletzt haben. Allein durch diese Offenheit ist ja unheimlich viel in Bewegung gekommen. Und dann hat Frauke offenbar auch die richtigen homöopathischen Mittel für mich gefunden.

Aber jetzt, sagt sie, müssen wir aufpassen, dass meine innere Entwicklung Schritt hält mit dem Tempo der äußeren Entwicklungen. Frauke verschreibt mir Staphysagria. Zur Beschreibung der Medikamente benutzt sie gern Bilder. Wenn ich die Staphysagria-Globuli nehme, soll ich an den Delfin denken, der wehrlos wirkt, aber sehr wohl stark und wehrhaft ist. »Du hast eine weibliche Seite, Kurt, die du nicht leugnest. Das ist schön. Du hast aber auch eine starke männliche Energie. Habe den Mut, sie zu leben!«
Weil meine Beziehungen zu Frauen in letzter Zeit immer intensiver werden und ich nun sogar eine Mitbewohnerin habe, empfiehlt mir Frauke, an einer Familienaufstellung nach Bert Hellinger teilzunehmen. Das ist ein Hammer.
Wir haben schon über Familienaufstellungen gesprochen, die gibt es ja überall inzwischen, und nicht einmal die »Brigitte« schreibt noch darüber. Viel schien Frauke von den Aufstellungen bisher nicht zu halten. Nun, mit Corinna im Haus, könnte der Druck aber bald zu groß für die Gesprächstherapie werden. Jetzt soll also jemand anders fürs Grobe ran. Damit kann ich leben. Ich habe ja überhaupt kein Problem damit, neue Therapieformen auszuprobieren. Voltigieren, Aerobic, Volleyball – ich habe mich in so vielen Sportarten ausgetobt, bis ich Yoga für mich entdecken konnte. Das war gut für meinen Körper. Und diese verschiedenen Therapien, die sind Hygiene für meine Seele.
Die zu pflegen, das tut genau so gut wie beim Sport schwitzen und danach duschen und ein schönes Eau de Toilette aufsprühen. Also schalte ich gleich nach meinem Gespräch mit Frauke den Computer an und stöbere im Internet nach Familienaufstellungen in Kiel und Umgebung.
Zehn Minuten später telefoniere ich mit Susanne Brandt-

Herlemann. Ihr Foto auf ihrer Homepage sah nett aus. Warum, weiß ich selbst nicht genau, normalerweise stehe ich nicht so auf asymmetrische Kurzhaarfrisuren. Aber als Therapeutin hat sie wohl nicht die Riesenauswahl, da ist sie anscheinend gewissen Gruppenzwängen unterworfen.

»Welches konkrete Problem möchten Sie aufstellen?« Ich sage, ich habe ein tolles Verhältnis zu Frauen, aber ich möchte lernen, mehr auf sie zuzugehen, mich in Beziehungen leichter zu öffnen und sie noch besser zu verstehen. Das findet sie unheimlich schön. Dass ich 26 Jahre alt bin und noch Jungfrau, dass ich in Gegenwart von Frauen immer wieder in Angststarre verfalle, vollkommen unfähig, irgendetwas zu unternehmen, ein Mädchen, das ich nett finde, kennen zu lernen, und wenn ausnahmsweise doch einmal, mache ich es so, dass sie es nicht merkt oder so spät, dass sie längst verheiratet ist und Kinder hat – diesen Teil meines Problems halte ich zurück.

Ich möchte Susanne Brandt-Herlemann nicht erschrecken. Die Menschen reagieren leider nicht immer sehr verständnisvoll, wenn ich ihnen die ganze Wahrheit erzähle. Vielleicht ist das alles auch schwer zu verstehen. Ich weiß ja auch nicht genau, was mit mir los ist. Ich sehe eben nur, dass ich nicht der einzige bin, dem es so oder so ähnlich geht. Und nun das Beste: Gleich am nächsten Wochenende veranstaltet sie ein Aufstellungsseminar.

Das Thema ist ›Lebensperspektiven‹, und mein Anliegen würde da wunderbar hineinpassen, und sie glaubt, eine Aufstellung könne mir helfen, und einen Platz hat sie auch noch frei, und weil ich mich so kurzfristig anmelde, kann ich die Anmeldegebühr gern bar mitbringen, das wären dann 180 Euro, bitte.

Das geht alles sehr schnell. Ich kann gerade noch zusagen – »Das ist dann aber verbindlich, oder Kurt, ich darf Kurt sagen, oder, ich schlage immer vor, wir benutzen das Arbeits-Du!«, Susanne Brandt-Herlemann erklärt mir hastig die Anfahrt, und dann klopft schon der nächste Anrufer bei ihr an.

Es ist noch nicht einmal Mittag, und ich habe eine neue Mitbewohnerin, mit Frauke telefoniert und mich für ein Therapieseminar am nächsten Wochenende angemeldet. Ich hatte ja gleich geahnt, dass das Leben in downtown Kiel einen anderen Rhythmus haben würde als nördlich des Nord-Ostsee-Kanals. Aber dass es so hektisch werden würde, hatte ich mir nicht überlegt. Ich müsste eigentlich lernen, aber mit diesem Durcheinander im Kopf ist daran nicht zu denken. Ich beschließe, einen kurzen Spaziergang zu machen. Der wird mich beruhigen, und ich kann mein Staphysagria bestellen.

Meine Lieblingsapotheke liegt auf dem Weg zum Südfriedhof. Das ist zu weit heute. Also doch in das Einkaufszentrum gegenüber dem Bahnhof. Bloß eine Minute zu Fuß, aber ich mag diese Kaufhalle nicht. Das ist ein typischer Glas-Stahl-Fliesen-Palast aus den späten 80ern. Genau so einen gibt es ja in jeder mittelgroßen Stadt, die gern groß wäre. Er wurde gebaut, weil sich ein paar ortsansässige Mercedesfahrer nicht damit abfinden konnten, dass Kiel nicht Hamburg ist. Nun drängeln sich hier besoffene Norweger, die für einen Vormittag mit der Fähre gekommen sind. Sie ziehen Sackkarren mit Bierpaletten hinter sich hier, bleiben an den engsten Stellen in Horden vor den Schaufenstern stehen und telefonieren mit ihren Mobiltelefonen sehr laut nach Hause, ob sie diesen schwarzen Rollkragenpullover in Größe L oder in XL mitbringen sollen. Ich mag Norweger, aber in solchen Momenten fühle ich Beklemmung. Und dass mir als gesundheitlich sensiblem Menschen die vie-

len Handys in dem gut abgeschirmten Gebäude Angst machen, dass ich Kopfschmerzen bekomme in dieser strahlengeschwängerten Luft, muss ich das noch extra sagen? Die zweitwichtigste Gruppe neben den Norwegern sind mal wieder die Frührentner. Sie kommen mit ihren Opels aus dem Umland und können noch staunen über so viel Stadt auf einmal, und ganz hinten gibt es einen Laden, da bekommen sie die Thrombosestrümpfe, für die sie hergekommen sind.
Die Luft ist mies, es ist voll und laut, und ich setze mir innere Scheuklappen auf und greife meine Besorgungen ab. Die Gefahr ist ja immer, dass, wo so viele Leute unterwegs sind, auch mal jemand dabei ist, den ich kenne. Bei dieser Masse sehe ich aber wirklich nur noch den Wald. Den einzelnen Baum erkenne ich erst, wenn ich dagegen gelaufen bin und mir die Stirn blutig geschlagen habe. Menschen, die ich so gut kenne, dass ich sie eigentlich grüßen würde, bemerke ich auch erst, wenn sie mich grüßen. Weil ich dann nicht weiß, was ich machen soll, fühle ich mich schnell überfahren und reagiere leider bisweilen etwas verstört. Da ist es mir schon lieber, niemandem zu begegnen, und deshalb gucke ich auf den Boden oder durch die Glasluken in den Himmel. Auf diese Weise kann ich keinen übersehen, weil ich gar nichts sehe, und dann ist auch keiner beleidigt oder denkt, ich bin zu arrogant, um ›hallo‹ zu sagen.
Die Apotheke im Einkaufszentrum ist beeindruckend groß, und sie gehört einer bekannten Kieler Apothekerfamilie. Sie haben noch einen Laden, weiter oben, im historischen Kern der Stadt, und weil sie das Universitätsklinikum beliefern, sind sie zu Geld gekommen. Geschmack und Manieren kamen nicht hinterher, so viel Geld verdienen die seit Generationen. Mit anderer Leute Elend.

Einmal war ich mit Jens und Ingo Schröder auf einer Party, da lernten wir die Apothekersöhne kennen. Es war ein ganz normaler Abend, aber beide trugen Sakkos und Bundfaltenhosen und Hemden mit Umschlagmanschetten. Der ältere wirkte ganz vernünftig, der zeigte uns mit einem Nicken, wo die Bar war. Der andere trug ein rosa Hemd, bis zum Zwerchfell offen, ein Paisley-Tuch in seiner Brusttasche, über die Schultern einen Kaschmirpullover, und so reichte er Ingo, dem hübschesten von uns, seine dünne, wabbelige und offensichtlich feuchte Hand und sagte: »Hi, ich bin Carl, aber du kannst ruhig Melissa zu mir sagen!«
Die Mutter trägt ihre Haare wie immer unglaublich hoch geföhnt, um zu kaschieren, dass sie dünn werden, und eine großrahmige, blau getönte Sonnenbrille, als ich die Apotheke betrete. Und Goldschmuck, zu blaugetönten Sonnenbrillen gehört ja immer erlesener Goldschmuck. Genau so muss Ebby Thusts Oma aussehen.
Ich habe einen Heidenrespekt vor Menschen mit blaugetönten Sonnenbrillen. Die müssen ungeheuer seelenstabil sein. Mich würde diese Tönung in wenigen Minuten schwer depressiv machen, aber Menschen mit blauen Sonnenbrillen, die sind immer gut drauf. Viele von ihnen zeigen beim Lachen sogar die Zähne. Vielleicht brauchen sie die dunklen Gläser wie eine Art Tranquilizer, damit sie nicht völlig abheben.
Ich bestelle mein Staphysagria und kann sofort sehen, wie auch noch der leiseste Anflug von Sympathie aus dem mehrlagigen Grundierungs-Puder-Concealer-Gemisch hinter den blauen Gläsern verschwindet. Sie zieht die Augenbrauen hoch und dreht sich weg, die Bestellung an den Großhandel weiterzugeben. Gar kein Zweifel, wie ihre Körpersprache gemeint ist.

In einer Kneipe konnte ich mal hören, was diese Apothekerfamilie von Naturheilkunde hält. Für die ist das so: Wer homöopathische Mittel nimmt, der hilft die Mercedesse tanken und Ralph Lauren-Hemden kaufen und den Urlaub in Marbella – da fahren die wirklich hin, das ist kein Witz –, den finanziert er auch. Der ist aber nicht ernsthaft krank. Oder er ist ernsthaft krank und hat zusätzlich einen seelischen Hau, dass er an so etwas glaubt.
Sie kommt zurück an den Tresen, und während sie an mir vorbei geht, wirft sie mir einen kurzen, wenig liebevollen Blick zu und raunt: »In zwei Stunden!« Das Lächeln, das sie mir zum Abschluss unserer Beziehung schenkt, tut mehr weh als die Ohrfeige meines Vaters wegen der Vier in Mathe in der dritten Klasse, so kalt lächelt sie, so viel Verachtung steht in diesem Gesicht.
Ich trete aus der Apotheke, atme tief durch und weiß auch nicht, welcher Teufel mich dann reitet. Ich hätte nach Hause gehen können. Bis hierher ist mein Einkaufsbummel nicht schlimm gelaufen, längst nicht so schlimm, wie er hätte sein können. Vielleicht haben mich die Gespräche mit Frauke und meiner neuen Aufstellungstherapeutin übermütig gemacht.
Ich wage einen Schlenker durch H&M. Im Erdgeschoss greife ich zwei graue T-Shirts ab, die kann man immer brauchen. Dann fahre ich mit der Rolltreppe nach oben, gehe einfach immer weiter und denke an überhaupt nichts Schlimmes. Plötzlich stehe ich mitten in der Abteilung für Damenunterwäsche. So ein Schock!
Dass mir das passieren kann, dass ich so vor mich hinlatsche und gar nicht sehe, wo ich lande. Besonders kontrolliert wirkt das nicht auf mich. Und peinlich ist es mir auch. Ich merke, wie

ich knallrot werde. Fühlt sich fast an wie Fieber, so schießt mir der Schweiß aus den Poren. Ich drehe mich um, ob mich jemand beobachtet. Und dann ist alles ganz anders.
Normalerweise würde ich mich umdrehen, Richtung Ausgang stürzen und unterwegs die T-Shirts, die ich kaufen will, verlieren. Ich würde merken, wie das Zeug fällt, mich bücken, es aufheben und irgendwohin hängen, und das würde alles noch viel schlimmer machen, und zu Hause würde ich Antihistaminika schlucken und mich flach auf den Boden legen. Und heute?
Ich spüre die Schweißtropfen auf der Stirn, mein Mund ist trocken mit einem leichten Metallgeschmack, und mein Herz rast – so weit ist alles normal. Aber dann beruhige ich mich merkwürdigerweise sehr schnell, und ein Dämon flüstert mir ein: ›Ist überhaupt nicht schlimm! Du darfst hier sein!‹. Nach ein paar Sekunden habe ich nicht einmal mehr ein schlechtes Gewissen, ich fühle mich kein bisschen mies. Keine Ahnung, woher das kommt und was es zu bedeuten hat.
Also gucke ich mir die Höschen und BHs ganz genau an. Ich will jetzt auch nicht zu interessiert und schwärmerisch wirken, aber das ist ja extrem weicher Stoff, der fühlt sich einfach klasse an. Heidrun fällt mir ein.

Als ich mein Abitur nachmachte, an diesem riesigen Berufsschulzentrum, Wirtschaftlicher Zweig, traf ich Heidrun manchmal auf dem Schulhof. Sie machte einen Fachhochschulabschluss in Touristik oder so etwas in der Richtung. Wir hatten einen gemeinsamen Bekannten, das führte zu Gesprächen.
Und irgendwann waren wir dann zusammen. Bei ihr war ich viel mutiger als bei Svenja, meiner ersten Freundin, denn ich war nun ja schon 21 und wusste aus der Beobachtung anderer

Paare, wie die Dinge laufen. Schon auf dem Nachhauseweg von unserem dritten oder vierten Kinoabend küssten wir uns. Wenig später fingen wir an, uns anzufassen. Das tat ich schon ziemlich lässig, fand ich.
Heidrun war ein bisschen merkwürdig. Einerseits mochte ich sie gern, sie lachte viel, und sie war nicht kompliziert oder zickig, aber dann hatte sie auch ihre andere, ihre dunkle Seite. Obwohl sie wusste, dass ich noch nie mit einem Mädchen geschlafen hatte, ging ihr unser Körperkontakt offensichtlich bald nicht mehr weit genug. Sie hatte wesentlich mehr Erfahrung als ich, mit Geschlechtsverkehr und allem Drum und Dran. Und sie hatte diese nüchterne, pragmatische Art. Dann sagte sie Sachen wie ›Auf Heidrun ist gut ruh'n!‹. Das war mir zum Teil ganz angenehm, reicht ja, wenn einer schüchtern ist, aber dann fand ich es auch wieder gar nicht gut, fast ein bisschen zu direkt.
Genau so unverblümt hat sie dann unser erstes Mal geplant. Ich besuchte sie, ihre Eltern waren weg, und sie sagte, sie käme vom Tennis und müsse nur schnell duschen, dann könnten wir Eis essen und am Strand spazieren gehen. Warum ich nicht in ihrem Zimmer warten wolle, da läge bestimmt auch was zu lesen.
Auf dem Tisch vor ihrer Couch lag ein Comic. Klasse, dachte ich. Es war ein französisches Comic. Scheißegal, dachte ich. Es war eine Nackte darauf, ich blätterte trotzdem kurz durch – da waren überall Nackte. Und sie taten es, ich mag gar nicht sagen, mit wem und wie sie es taten. Das Comic hat ein gewisser Milo Manara gezeichnet, habe ich mir gleich gemerkt, den Namen, und er ist Italiener, vielleicht erklärt das dieses schreckliche Frauenbild, das sich mir in dem Heft bot. Denn Fickgeschichten, die heißen auf französisch *histoires de cul*, und zurück übersetzt bedeutet das ›Geschichten vom Arsch‹, und genau darum

ging es inhaltlich. Posex, das ist ja vielleicht eine verbreitete Obsession bei Franzosen und Italienern, aber das entsprach wirklich nicht meiner Idee von Liebe zwischen erwachsenen, kultivierten Menschen. Ich legte das Heft zurück.
Den Katalog des Hamburger Museums für erotische Kunst ließ ich gleich liegen. Ich musste ja auch nicht unbedingt lesen. Heidrun kam ins Zimmer, ließ den Bademantel auf das Bett gleiten und begann, sich einzucremen. Dabei sah sie zu mir herüber. Ich lächelte. Bisschen naiv vielleicht. Dann fragte sie mich, ob ich rüber kommen und ihr den Rücken eincremen könne. Und ihr Nacken, der würde unheimlich …, ob ich vielleicht …?! Ich cremte ein, und ich massierte, denn ich helfe gern. Wir wurden intensiver, und dann sagte sie, wir würden jetzt gleich miteinander schlafen. Sie schlug das Kopfkissen zurück: Kondome. Und dann sagte sie diesen Satz: »Aber ohne Arschficken!« Da war es aus mit meiner romantischen Stimmung. Vollkommen aus.
Grundsätzlich war ich bereit, den Akt zu vollziehen, aber diese generalstabsmäßige Planung und solche Sprüche im Nacken – ich fühlte mich umzingelt. Wir aßen kein Eis mehr, und wir gingen nicht an den Strand. Ein paar Tage später war Schluss mit Heidrun. Obwohl es so prima angefangen hatte mit uns. Und wir haben auch nicht mehr miteinander geschlafen.
Aber am erstaunlichsten, das wollte ich ja eigentlich erzählen, am erstaunlichsten fand ich ihre Einstellung zu Unterwäsche. Sie trug so Teile, die kann man wirklich nur Schlüpfer nennen. Bis zum Bauchnabel und am Beinansatz gerade abgeschnitten, mit einer kleinen Zierborte mit Herzen. Richtige Kleinmädchen-Schlüpfer. Und immer aus Frottee. Sie waren nicht schön, aber auch nicht die schlimmste aller denkbaren Katastrophen. An-

dererseits war nicht zu übersehen, dass es noch reizvollere Wäsche gab – La Perla im Fernsehen, Triumph auf der Plakatwand, die Auslagen der Lingerie-Geschäfte –, so viel bekam ich dann doch mit.
Einmal bummelten wir durch die Stadt und kamen an so einem Schaufenster vorbei. Heidrun hatte nicht aufgepasst, und offenbar erkannte sie erst an meinem Blick, was ich da sah. Besonders war mir ein Ensemble aus French Knickers und einem BH mit transparentem Blumendruck aufgefallen, das sehe ich noch ganz deutlich vor mir.
Heidrun hieb mir den Ellenbogen in die Rippen, nahm meine Hand, riss heftig an meinem Arm und zerrte mich weiter. Sie guckte sehr böse. Zuerst wusste ich nicht, was das sollte. »Was soll denn das?«, fragte ich. Sie konnte nicht sprechen, so sehr regte sie sich auf. Sie schnappte nach Luft und stieß hervor: »Reizwäsche ist pervers!«
Das verstand ich nicht, aber ich hatte ja auch sehr wenig Erfahrung in diesen Dingen. »Wenn ein Mann eine Frau in Reizwäsche hübsch findet, heißt das, dass er sie gar nicht wirklich attraktiv findet. Er meint nur ihren BH oder was sie gerade trägt.« Das leuchtete mir immer noch nicht ein.
Heidrun riss noch einmal an meinem Arm. Langsam fühlte ich mich in die Defensive gedrängt. »Du hast es doch auch lieber, wenn ich ein schönes Hemd trage, oder?«, versuchte ich zaghaft einen Ausfall. »Sich an Reizwäsche aufzugeilen, ist krankhaft!« – »Du freust dich doch auch, wenn ich dir ein Geschenk schön verpacke. Das heißt doch nicht, dass du die Verpackung dem Inhalt vorziehst!« – »Entweder eine Frau hat eine tolle Figur, und dann braucht sie keine Reizwäsche, oder sie hat keine tolle Figur, und dann können das solche Fummel auch nicht ändern.

Reizwäsche ist pervers, das finden nur schmierige alte Knacker geil! Das sagt Mutti auch!«
So dumm war ich nicht, gegen ihre Mutter zu argumentieren. Das hatte keinen Zweck; das kannte ich schon. Heidrun hatte selten eigene Meinungen, das meiste hat sie unbesehen von ihren Eltern übernommen.
Und deren Haltung zum Leben, wie soll ich die beschreiben? Besonders fröhlich waren die nicht. Dabei hatten sie alles, drei Kinder, ein großes Haus mit Blick auf die Kieler Förde und einen Dackel. Der war aber schon so alt, dass er sich zum Kacken hinlegen musste. Der Vater trug senfgelbe Sakkos mit gestreiftem Futter und Krawatten mit Motivdruck. Er lächelte selten, und selbst zu Hause lief er so herum, nur das Sakko ersetzte er durch eine Strickjacke aus Schurwolle, denn er war ein Finanzbeamter in gehobener Laufbahn. Und er hatte ein Verhältnis mit seiner Sekretärin.
Das habe ich herausgefunden, als ich einmal am Kanal laufen war. Für den Abend war ich mit Heidrun verabredet. Ihr Vater war für ein paar Tage zu einer Tagung in Kassel oder sonst wo in Süddeutschland, hatte er gesagt. Am nördlichen Kanalufer, nur ein paar Minuten von meinem Elternhaus entfernt, gibt es ein Restaurant. Das war schon immer da, und das wird es auch immer geben, denn es wäre unglaublich dumm, dort, in dieser Lage, mit diesem Ausblick, kein Restaurant zu betreiben. Da muss man nicht einmal kochen können, und die Leute kommen trotzdem. Nur der Besitzer und der Name des Restaurants, die wechseln alle paar Jahre. Zur Zeit heißt es ›Kanalfeuer‹, glaube ich, aber so schlimm ist es dann auch wieder nicht, wie das klingt. Ich lief auf das Restaurant zu und dachte schon von weitem, der weißhaarige Mann auf der Terrasse mit diesem de-

saströsen Schlips, ist das nicht Heidruns Vater? Er war es wirklich, und das merkte ich zuerst daran, dass er mich auch bemerkte und sich wegdrehte.
Ich kam näher. Er suchte etwas auf dem Boden. Dann sah ich, er war nicht allein. Eine Rothaarige im schwarzen Kostüm saß mit ihm in einer lauschigen Zweierecke. Er sah jetzt ein, er konnte mir nicht mehr entkommen, und fügte sich in sein Schicksal. Er setzte sich wieder gerade. Kerzengerade, die Arme vor der Brust verschränkt. Hatte ich ihn eben, vor zweihundert Metern, nicht noch lachen sehen? Jetzt hatte er wieder sein emotionsloses Behördenchef-und-Oberstleutnant-der-Reserve-Gesicht.
»Guten Abend!«, sagte ich, denn in diesen alten Beamtenfamilien – schon Heidruns Ururgroßvater diente der Verwaltung unseres Landes – werden Höflichkeit und der Respekt gegenüber Älteren groß geschrieben. Er nickte. Sie drehte sich zu mir und nickte auch. Sogar ganz freundlich. Die war noch keine 30. Und gut gebaut, ordentlich was dran, dabei überhaupt nicht dick oder so. So mag ich das ja auch ganz gern. Wahrscheinlich um zu kompensieren, dass ich selbst so schlank bin. Oder leptosomisch, das ist eine Frage der Sympathie, wie man das ausdrückt.
Ich empfahl den Matjes, mit einer Extraportion Zwiebeln ist der wirklich lecker, und lief weiter. Dass sie seine Sekretärin war, wusste ich vom Foto der Weihnachtsfeier seines Amtes, das fiel mir dann natürlich auch wieder ein, dass die beiden da so schuldbewusst in die Kamera gegrinst hatten, irgendwie ertappt. So ein Mann war Heidruns Vater, jeden Samstag wusch er das Familienauto, und sein 17-jähriger Sohn musste alle drei Wochen zum Friseur, und wenn seine volljährigen Töchter Herrenbesuch

hatten, mussten sie ihre Zimmertüren offen lassen, und dann liebte dieser stets korrekte Volljurist jahrelang seine Sekretärin, anstatt auf Tagungen neueste Ministerialanweisungen zu diskutieren.

Heidruns Mutter verbrachte ihre Tage damit, dass sie versuchte, eine Balance zu finden zwischen Weinbrand im ersten Kaffee am Morgen, Pillchen gegen die Launen, fürs Schlafen und zum Aufwachen, einigen Nachmittagsdrinks und viel Fernsehen. Besonders gut gelang ihr das nicht. Dafür war sie schön dünn.

Es gibt ja so eine Hausfrauendünnheit, die kommt fast immer vom Alkohol. Mit wenig Essen und Minzbonbongelutsche allein ist das nicht zu schaffen. Heidruns Mutter mochte sich selbst nicht. Verklemmt, selbstzerstörerisch und aggressiv gegen andere, und dass davon auch bei Heidrun etwas hängen geblieben war, war ja nun nicht zu übersehen.

Heidrun trug also weiter ihre Frottees, und wenn sie merkte, dass ich etwas Seidenes mit Spitzen anstarrte, bekam ich einen Ellenbogen in die Rippen. Jedes Mal. Nur einmal, da stand ich ungünstig, und sie musste mir in den Magen hauen. So war das mit Heidrun. Ich schaue mich um in dieser Damenwäscheabteilung von H&M und nehme einen militärgrünen Push-Up-BH vom Ständer und streiche über das schön gewölbte Körbchen und denke an meine Ex, und ich fühle mich gut, gut und frei.

8

Was für ein Tag! Und die guten Nachrichten reißen nicht ab. Ich komme in die Wohnung. Jens liegt auf seinem Bett und sieht »Nebraska« mit Henry Fonda und Glenn Ford. Großartiger Streifen, die beiden spielen zwei alte Cowboys in den 50er Jahren, und sie kommen mit der Hektik der neuen Zeit einfach nicht klar. Diese Deplatziertheit kann ich sehr gut nachempfinden.

Manchmal fühle ich mich auch so, wie der richtige Mann mit den richtigen Ideen, und auch der Ort stimmt, aber es ist eben nicht meine Zeit. »Der läuft ja schon eine ganze Weile«, sage ich enttäuscht, »warum hast du denn nicht auf mich gewartet?!« – »Wusste ja nicht, ob du nicht unterwegs irgendwo einschläfst, und dann sitze ich morgen früh noch hier und warte!« – »Du solltest deine Beine nicht übereinander schlagen. Davon kriegt man Krampfadern!« – »Ich kriege keine Krampfadern. Meine Venen sind in Ordnung, und mein Bindegewebe ist so fest wie bei einem jungen Hirsch!« – »Was'n los? Dein Wortwitz leuchtet ja mal wieder heller als dein Gesicht in dunkler Nacht!«

Jens springt auf, und jetzt macht er etwas, da frage ich mich, ob es meinem Mitbewohner wirklich gut geht: Er hüpft auf seinem Bett wie ein 7-Jähriger, und sein Patenonkel ist zu Besuch und hat ihm ein neues Fahrrad mitgebracht, und gleich fahren sie zusammen in den Zoo.

Von Laetitia Casta gab es vor Jahren Fotos, da hüpfte sie auch so ausgelassen auf einem Bett. Wie frühmorgens direkt nach dem Aufwachen sah das aus, ihre langen Haare flogen wild umher, und ich weiß noch, wie ich dachte, dass das wunderschöne Bilder waren, aber warum jemand mit so guter Laune aufwacht, dass er auf seinem Bett springen und hüpfen muss, dass er vor lauter Lebensfreude nicht still liegen bleiben kann, das habe ich nicht verstanden.

Ich sehe Jens also erst mal nur zu, sage nichts und warte, dass er sich beruhigt. »Anne-Carla besucht uns morgen!«, sagt Jens. Er zittert dabei fast vor Aufregung und hat so einen Ton in der Stimme; ich stelle mir vor, dass ich später eine Frau haben werde, und eines Tages wird sie sagen: ›Du wirst Vater!‹, und ihre Stimme wird genau so glücklich, stolz und aufgeregt klingen wie jetzt die von Jens.

Aber dass Anne-Carla uns besuchen kommen will, ist natürlich ein Knüller. Wir kennen sie schon eine ganze Weile. Erst bestaunten wir sie mit offenen Mündern aus der Entfernung, dann war sie für kurze Zeit die Freundin von Ingo Schröder, und schließlich zog sie nach Hamburg. Hamburg ist ja wahnsinnig weit weg von Kiel. Manche sagen, da liegen Welten dazwischen. Auch wenn man die 100 Kilometer mit einem guten, zuverlässigen Auto in einer Stunde schaffen kann.

Aber die, die von Kiel nach Hamburg ziehen, sagen, da ist so wahnsinnig viel los, wo sie jetzt wohnen, und dann kommen sie nur noch selten zurück, weil sie nichts verpassen wollen in ihrer neuen Heimat. Vielleicht haben sie auch ganz einfach Angst, dass jemand merkt, dass sie einen Wochenendausflug nach Kiel gemacht haben. Dann haben sie nämlich schnell den Ruf weg, dass sie gar keine richtigen Großstädter sind. Kann aber auch sein, dass alles vollkommen anders ist und ich einfach nur Komplexe wegen meiner kleinstädtischen Gedankenenge habe. Aber Anne-Carla kommt immer noch alle paar Monate nach Kiel, und manchmal sehen wir sie.

Es passiert ganz selten, dass Jens und Ingo und ich dieselbe Frau rundum klasse finden. Dass einer mal sagt, guckt mal da, klasse Hintern, oder da, toller Busen, und die beiden anderen nicken und sagen, stimmt, das kommt vor. Aber dass eine Frau uns alle drei so sehr ins Schwärmen bringt, dass wir überhaupt nichts mehr sagen, das passiert wirklich ganz selten. Anne ist so eine.

Mittags wird sie kommen, sagt Jens, und dann driften wir beide, jeder für sich, fort in seinen eigenen kleinen Anne-Carla-Traum.

Ich wache sehr früh auf an diesem großen Tag und quäle mich durch den Morgengruß, aber irgendwie bin ich zu nervös für meine Yoga-Übungen und schlurfe in die Küche. Unser langer Flur hat keine Fenster, deshalb schalte ich die Deckenlampe ein. Die muntert mich sofort auf mit ihrem sonnenblumengelben Licht.

Diese Lampe, eine große Kaffee-Leuchtwerbung, hat nicht immer uns gehört, wir mussten sie erst nachts von einer Bäckerei abschrauben. Das war gar nicht so leicht, das Ding wiegt 15 Kilo, und es hing vier Meter hoch – wir mussten mit einer Leiter anrücken. Weil Jens unter Höhenangst leidet, bin ich raufgestiegen. Erst musste ich sechs Schrauben mit einer 13er-Nuss auf der Knarre lösen, das Schild dann – 15 Kilo! – mit einer Hand halten, während ich mit links das Stromkabel durchtrennte.

Ich bin leider nicht sehr geschickt in diesen Dingen. Also ließ ich unsere künftige Flur-Deckenbeleuchtung langsam zu Jens herunter. Dann hatte ich eine blöde Idee. Ich griff herzhaft in das Kabel, bekam einen Schlag, heftige Herzrhythmusstörungen, ich verlor das Gleichgewicht, fiel die Treppe herunter, auf mein Steißbein, und Jens fuhr mich ins Krankenhaus. Dort gab man uns deutlich zu verstehen, dass man uns für Homosexuelle hielt, von denen einer – das wäre dann ich – beim Sex ausgerutscht und hingefallen ist und sich dabei den Popo verletzt hat. Sie röntgten mich, und da sie sonst nicht viel für mich tun konnten, entließen sie mich mit dem Tipp »Schonen Sie sich die nächste Zeit ein bisschen!«.

Ich wurde rot, denn ich wusste ja, wie sie das meinten. So ist unser Flur also zu seinem Licht gekommen, und jedes Mal, wenn ich diese große gelbe Lampe einschalte und »Die Krönung … wunderbar!« lese, denke ich an die Mühsal, unter der wir dieses Ding besorgt haben, und die Erinnerung an den Schmerz schießt mir vom Kopf bis an die Arschbacken und macht mich wach und sogar ein kleines bisschen stolz.

Jens sitzt schon in der Küche. Konnte wohl auch nicht mehr schlafen. »Konntest wohl auch nicht mehr schlafen, was?« – »Nimm dir einen Kaffee!« Ich mache mir lieber einen Fenchel-Kardamom-Tee, der regt die Verdauung und den Kreislauf schön schonend an. Ich trinke meinen Tee zuckerfrei. Eine Zeitlang ersetzte ich den Zucker durch Honig, aber dann las ich im Gesundheitsfachmagazin »Bunte«, dass Honig, auf über 40 Grad erhitzt, den Darm verschließen kann. Also ganz ohne.

Der Fernseher läuft. Ein B-Western auf SAT 1 mit Audie Murphy in der Hauptrolle. Das sind diese Filme aus den 50ern, wo die guten Cowboys ihre Hüte keck etwas schräg aufsetzen und ihre Halstücher ganz eng seitlich um den Hals knoten. Meistens geht es um den Transport der Minenarbeiterlöhne nach Silver

City oder um den Bau der Eisenbahn, und immer kommt ein böser weißer Mann mit schwarzem Hut vor, und die Indianer sind noch richtig fiese Burschen, und am Ende siegen der gute Cowboy und die Eisenbahn und damit wieder einmal das Gute im Menschen – der Fortschritt.

Einmal hat sogar James Stewart mit Audie Murphy in so einem Film mitgespielt. In »Die Uhr ist abgelaufen« von 1957 war das, und wieder ging es um die Eisenbahn-Linie, die natürlich fertig werden muss, und am Ende nimmt Stewart ein Akkordeon und singt »Du kommst nicht weit ohne die Eisenbahn«. Ich finde ja nicht, dass man für Geld alles machen muss; einen kleinen Rest Würde darf man sich ruhig erhalten.

Audie Murphy jedenfalls, der war im Zweiten Weltkrieg der höchstdekorierte amerikanische Soldat, bevor er eine Zweitverwendung als Schauspieler fand. »Wusstest du eigentlich, dass Audie Murphy ...«, aber Jens unterbricht mich »... im Zweiten Weltkrieg der höchstdekorierte amerikanische Soldat war? Ja, das weiß ich, das erzählst du mir jedes Mal, wenn ein Western mit ihm läuft, und er hat Dutzende Filme gedreht, und, ja, der Sprung in deiner Platte nervt!«

Ich wollte doch nur ein bisschen witzig sein und unsere Anne-Carla-Aufregung auflösen. Dass er so heftig reagiert, trifft mich. Ich muss sowieso etwas zur Beruhigung nehmen. Kann ich gleich mal Fraukes neues Mittel testen.

»Ist Schüßler eigentlich da?«, frage ich, und ich nenne unsere neue Mitbewohnerin bewusst bei ihrem Nachnamen, um rau und unbeeindruckt zu wirken und meine Verletztheit wegen Jens' grobem Ausbruch zu verbergen.

»Dann wollen wir mal!«, sagt Jens, steht auf und kratzt sich am Sack. »Du willst jetzt in Corinnas Zimmer gehen und gucken, ob sie da ist, und vorher kratzt du dich am Sack?« – »Corinna kannst du haben. Ich gehe jetzt in die Garage und mache den Taunus fahrtklar. Schon vergessen? Nachher kommt Anne-Carla!«

Panik steigt in mir auf. »Was willst du mit dem Taunus? Wozu brauchst du den Taunus? Anne-Carla kommt doch hierher! Hierher zu uns!« – »Und dann machen wir einen Ausflug. Sie und ich. Oder dachtest du, ich sitze den ganzen Tag mit ihr auf Bude, damit du sie langweilst? Ich habe Erdbeeren und Sekt, und ich wette, da geht heute noch was! Abends sind wir wieder da, und dann können wir ja zusammen auf Szene!« Und ich wette, wenn ich jetzt nicht ganz schnell den Müll in den Hof bringe und mich so für zwei Minuten zwangsbeschäftige, heule ich los, vor den Augen meines Mitbewohners.

Damit hätte ich nie gerechnet. Ein Ausflug mit dem Ford, das bedeutet, Jens will das ganz große Überzeugungsprogramm durchziehen. Weil wir als Ingenieurs-Söhne die Klarheit technischer Ausdrücke so lieben, nennen wir es das ›Picknickprocedere‹. Er hat den Taunus seit fünf oder sechs Jahren als Zweitwagen, und fast so lange schraubt er auch schon daran herum. Es ist ein 76er-Coupé in hellbeige mit braunen Zierleisten und brauner Innenausstattung. Für mich sieht das Auto perfekt aus. Aber Jens fällt immer noch etwas ein.

Vor ein paar Wochen hat er gemerkt, dass die Feder für den Kofferraumdeckel nicht aus einem 76er Taunus stammen kann. Also hat er inseriert und herum telefoniert, und dann hat er die richtige Feder gefunden, und wir sind losgefahren, sie abzuholen. Aus einer Scheune bei Vlotho. Das liegt in einem ganz anderen Bundesland. Zehn Euro hat Jens für das rostige, daumengroße Teil hingelegt, und er hat gelächelt dabei, und wir saßen einen ganzen Tag im Auto, und mein Passat nimmt acht Liter Super, und essen und trinken mussten wir auch.

»Dieser Aufwand für ein besseres, hübsch gebogenes Stück Draht, das ist nicht mehr normal, das ist nicht verhältnismäßig!«, sagte ich. »Das Teil ist original, darauf kommt es an!« Und wo wir für die wirklich wichtigen Teile überall hingefahren sind, damit will ich gar nicht erst anfangen. Seit dem letzten Frühling ist der Taunus nun in einem Zustand, dass Jens sagt, einen ersten Platz bei einem Ford-Treffen würde er noch nicht bekommen, aber für eine kurze Spritztour, sonntags, wenn die Sonne scheint, darf er schon mal ins Freie.

Und so geht das ›Picknickprocedere‹: Wolldecke, Kofferradio, heißes Wasser, Instantkaffee, Vollmilchschokolade von Lindt, Erdbeeren und Sekt einladen, lange überredete Wunschfrau auf den Beifahrersitz, raus aufs Land und ganz hinten, am äußersten Zipfel der Förde, alles wieder ausladen und aufbauen und sehen, was geht.

Es gibt da eine magische Stelle, nicht weit vom Hauptklärwerk, zur richtigen Zeit im Mai hat man da um sich blühenden Raps, oben den blauen Himmel, im Rücken dieses liebevoll gepflegte Auto, vor sich das Wasser mit den weißen Tüchern der Sonntagssegler. Das schafft natürlich Stimmung. Jens rückt dann vorsichtig näher, bis er direkt neben dem Mädchen an seinem Auto sitzt. Irgendwann wird etwas passieren, irgendwann wird sie ihm sein Startsignal geben. Oder was er dafür hält.

Zum Beispiel, wenn die Spätnachmittagsbrise kühl vom Strand heraufweht. Dann wird Jens seinen Arm langsam um seine Begleiterin legen. Wenn sie nichts sagt und nicht wegläuft, wird er sie ein bisschen an sich ziehen. Ein bisschen mehr. Und dann, wenn sie immer noch nichts sagt und immer noch nicht aufspringt und wegläuft, wird er versuchen, seine Hand noch ein Stückchen weiter zu schieben. Um den Rücken herum ihre Brüste anzufassen. Dann endlich springt sie auf und läuft weg, und dann ist die Stimmung im Eimer und der Ausflug zu Ende. So ist es noch immer gelaufen bis jetzt. Ich war zwar nie dabei, aber Jens ist ja unerschrocken genug, hübsche Geschichten aus seinen Körben und Niederlagen zu machen. Und heute will er also Anne-Carla sein Schleswig-Holstein zeigen. Ich ziehe mich an und fahre mit dem Fahrrad ein wenig die Förde entlang, und dann gehe ich ins Kino, weil ich keine Lust habe, Anne-Carla die Tür zu öffnen und ihr Lächeln und ihre Sommersprossen zu sehen und sie dann mit Jens weggehen zu lassen.

Nach dem Film schnappe ich noch mehr frische Luft. Da wabert eine merkwürdige Stimmung durch die Wohnung, als ich zu Jens und Anne-Carla in die Küche komme. Gar nicht diese sanften Schwingungen, wie sie zwei Menschen ausstrahlen, die einen schönen, ruhigen Tag am Meer miteinander verbracht haben. Wie ein Liebespaar benehmen sie sich auf jeden Fall nicht. Jens reißt gerade zwei Tiefkühlbaguettes aus der Folie.

Das kann ich nicht mit ansehen. Schließlich wusste ich auch, dass Anne-Carla kommt. »Lass mal!«, sage ich zu Jens. »Mach lieber eine Flasche Wein auf!« Jens greift in sein Kühlschrankfach, und ich kann aus den Augenwinkeln gerade noch sehen, wie er eine Flasche Blanchet herausholt. »Lass mal!«, sage ich und nehme eine Flasche Galestro aus meinem Kühlschrankfach. Der ist auch nicht teuer, aber schon sehr anständig. Nicht, dass ich Ahnung von Weinen hätte, aber Blanchet, das muss ja nun wirklich nicht sein. Ich wärme das vorbereitete Hühnchen-Curry »Panang« kurz auf, ein paar Minuten später ist auch der

Basmati fertig, und dann beginnen wir mit einem japanischen Rettichsalat und haben doch noch einen richtig netten Abend zusammen.

Anne-Carla lacht sehr viel. Ich erzähle meinen neuen Lieblingswitz. Der geht so: »Lothar führt einen Touristen durch sein schwäbisches Dorf und beklagt die Undankbarkeit seiner Nachbarn. Schau, diese Straße habe ich gebaut. Aber keiner sagt, Loddar, der Straßenbauer. Und schau, dieses Haus habe ich gebaut. Aber keiner sagt, Loddar, der Häuslebauer. Und hier, diese Schule habe ich gebaut. Aber keiner sagt, Loddar, der Schulebauer. Und dann fickst du einmal ein Schaf …«

Anne-Carla zeigt ihre weißen Zähne, und sie lacht mir ins Gesicht und ist wahnsinnig hübsch dabei. Mir wird sehr warm ums Herz. Dann erzählt sie einen Witz: »Gehen zwei Frauen über den Golfplatz und spielen so vor sich hin. Sagt die eine: Beim letzten Mal habe ich mir aber so dermaßen weh getan zwischen dem ersten und dem zweiten Loch. Sagt die andere: Und da hält ja auch kein Pflaster.«

Der ist natürlich wirklich ein Knüller, aber damit man seine Wirkung auf uns ganz verstehen kann, muss ich noch was dazu sagen, das habe ich bis jetzt glatt vergessen vor Aufregung: Anne-Carla kommt aus Norwegen! Und egal, wie gut sie deutsch spricht, ganz wird sie ihren Akzent zum Glück nicht los.

Wenn sie erzählt, erinnert mich ihr Tonfall an einen skandinavischen Wald im Frühsommer, da höre ich Lerchen und Bäche und Birken im Wind, und der Rhythmus ihres Singsangs bringt uralte Saiten in mir zum Schwingen. Ich habe nämlich die Blutgruppe ›0+‹.

Was es mit der auf sich hat, erklärte mir Alex. Ich traf ihn vor einigen Monaten bei einer Gruppenarbeit mit Frauke, meiner Homöopathin. Wir waren vielleicht zehn, und als wir vor Beginn der Sitzung zusammenstanden und Alex sich vorstellte, wäre ich beinahe wieder abgehauen. Der Name Alexander ist ja schon schlimm genug, aber wenn sich jemand dann Alex nennen lässt … Unser Alex kam dann tatsächlich auch noch aus Karlsruhe, er hieß also nicht nur Alex, sondern ›der Alex‹, und er war ein Esoteriker. Arbeitete als Zauberer und Jongleur, und er erzählte mir vom Blut. Was für ein Typ Mensch man ist, sagte er, hängt auch davon ab, welche Blutgruppe man hat. Da gibt es Blut für fortschrittliche, dynamische und erfolgreiche Machertypen – so ein Blut hatte er. Und da gibt es die Blutgruppe ›0+‹, und das ist das älteste Blut der Menschheit, schon der erste Mensch hatte ›0+‹. ›0+‹-Leute, sagte der Alex, die sind rückwärts gewandt, die wollen nicht glauben, dass alles besser wird. Zuerst hielt ich ihn für einen Spinner, aber ich musste einsehen, dass er recht hatte.

Es war ja schon immer so, dass ich mich über mich gewundert habe. Ich hatte immer das Gefühl, ich passe gar nicht richtig hierher, egal, wo ich gerade war oder was ich gerade gemacht habe. Wenn ein Gewitter kommt und dieser Unwettervorwind über die Felder streicht und die Luft schwer und warm und nach Schwefel riecht, werde ich unruhig wie ein Tier.

Und wenn das Gewitter dann da ist, wenn der Himmel seine Kräfte loslässt, fühle auch ich mich endlich entfesselt, das ist, als müsste ich jetzt auf mein Pferd steigen, unter diesen schwarzen, windzerfetzten Wolken die Front meiner Leute abreiten, mit dem Schwert auf meinen Schild schlagen, den Namen meiner Familie hinaus brüllen und dann endlich vorwärts stürmen. Oder ich sitze am Strand und schaue auf den Kies, und

nach einer Weile nehme ich nicht mehr wahr, was wirklich um mich herum passiert. Ich sehe keine Surfer, und ich höre kein Auto. Ich falle immer tiefer in einen Tagtraum, als zöge mich etwas mit Macht zurück. Ich höre den Rumpf eines Schiffes auf dem Kies knirschen, Füße platschen ins Wasser, Rufe, Metall klirrt, und der Campingplatz mit seinem Grillgeruch hinter mir wird zu einem Dorf, das gleich nicht mehr sein wird. Solche Sachen gehen in meinem Kopf herum, und das hat mich lange verwirrt. Dieses Wikinger-Zeug ist ja erst einmal nicht sehr zeitgemäß. Und dann hielt ich mich immer für friedliebend. Ich habe mich noch nie geprügelt. Und ein paar Sekunden später will ich gleich ein ganzes Dorf niedermachen. Das machte mir zu schaffen, dass ich so viel Aggressivität in mir haben soll.
Frauke, meine Homöopathin, hat mir Lycopodium verschrieben und gesagt, ich solle mich über die Intensität meiner Gefühle freuen. Es sei doch schön, dass ich meine gewalttätigen Fantasien in Tagträumen auslebe und nicht wahrhaftig. Aber so richtig getröstet hat mich erst diese Bluttheorie.
Nun muss ich mich nicht mehr damit quälen, ob ich schon mal gelebt habe vor eintausend Jahren und was weiß ich, wann noch. Ich habe eine Verbindung zum Norden und zu vergangenen Epochen, und diese Verbindung heißt ›0+‹. Allerdings rede ich nicht mehr gern darüber. Ich habe es einmal bei Jens versucht. Der hat mich angesehen, den Kopf geschüttelt, dann ist er aufgestanden, hat seinen Schlüssel genommen und die Wohnung ohne ein Wort verlassen. Nicht einmal tschüss hat er gesagt oder wann er wieder kommt oder dass er diese Bluttheorie scheiße findet.
Über diese Sachen denke ich nach, während ich mit Anne-Carla und Jens in unserer Küche sitze und wir trinken und reden und lachen, und irgendwann ist der letzte Zug nach Hamburg weg.

Jetzt wird es aufregend. Jens und ich bieten Anne-Carla an, dass sie bei uns schlafen kann. Ich sage, ich habe noch eine unverpackte Zahnbürste, die kannst du gern haben.
»Wo soll ich denn schlafen?«, fragt Anne-Carla. Such dir was aus, Platz ist ja genug, flöten wir. Nach einem Blick in mein Zimmer sehen wir alle ein: Platz ist eigentlich nur bei Jens. Ich kämpfe noch mit der Idee, ob ich bei Jens auf dem Fußboden schlafen soll, dann hätte Anne mein Zimmer für sich allein, aber während ich überlege und überlege und mich frage, ob das nicht ein bisschen aufdringlich ist, wenn ich sage, nimm mein Zimmer, hat Jens sie weich gequatscht.
Sein Bett misst 2 Meter 20 mal 2 Meter 60, und ich sehe, wie ihr skeptisches Zögern der Hoffnung weicht, in einem so großen Bett müssten zwei Menschen bequem schlafen können, ohne sich zu nahe zu kommen. »Okay«, sagt sie, »aber ohne Anfassen oder so!« Jens macht ein empörtes Gesicht. »Würde ich eine Frau ohne schriftliche Aufforderung anfassen? Du wirst noch nicht einmal meinen Atem spüren.« Ich gebe ihr meinen Schlafsack. Eine Decke habe ich ja nicht.
Am nächsten Morgen stehe ich sehr früh auf. Ich backe Dinkelbrötchen, presse Orangen aus, schneide Grapefruit zurecht und mische Haferflocken und geschrotete Nüsse und Rosinen und getrocknete Früchte zu einem Müsli. Dann lege ich »Der Mann, der Liberty Valance erschoss« ein, trinke einen Tee und warte. Keine Ahnung, wie oft ich diesen Film gesehen habe. Aber ich freue mich immer wieder darüber, dass auch ein Haudrauf wie John Wayne mal den Kürzeren zieht. John Wayne hat ja diesen besonderen Gang, der auf den ersten Blick wie ein echter Cowboygang aussieht: steife Hüfte vom vielen Reiten und kurze Trippelschritte, damit es die Hand nie weit zum Colt hat.

Wer genauer hinsieht, merkt, John Wayne hatte einfach nur kurze Beine. Nützt ihm diesmal aber eh nichts, »Liberty Valance« ist kein Film für die lauten Helden: John Wayne fällt getroffen in den Staub. In der Schlussszene sagt ein Reporter diesen großen Western-Satz: »Das ist der Westen. Wenn die Wahrheit über eine Legende herauskommt, druck die Legende!«

Jens betritt die Küche. Sieht nicht sehr zufrieden aus. Ich schenke ihm Kaffee ein. Er nimmt sich ein Brötchen. »Lass uns auf Anne-Carla warten«, sage ich, »oder meinst du, die schläft noch lang?« – »Kommt drauf an, wo!« – »In deinem Bett?« – »Im Moment nicht!« – »Du hast sie vergrault? Wo ist sie denn?« – »Vor zwei Stunden abgehauen!« – »Egal, was passiert ist: Arschloch!« – »Komisch, hat sie auch gesagt!«

Und dann gibt Jens mal wieder einen echten Rattan-Lindemann zum Besten. Irgendwann heute morgen, sehr, sehr früh, wurde er wach. Die ganze Nacht ist er artig gewesen. Aber nun zwitschern ihm die gerade erwachenden Vögel da draußen eine blöde Idee zu. Anne-Carla hat zwar gesagt, ohne Anfassen, aber irgend etwas muss sie sich ja dabei gedacht haben, sich zu ihm ins Bett zu legen. Er robbt sich auf halbe Armlänge an unsere Norwegerin heran. Ihr rechter Arm liegt auf der Decke. Jens starrt ihn eine Weile an, schnuppert und überlegt, dann fährt er mit dem Finger über die Sommersprossen und Leberflecken auf Anne-Carlas Arm. Sie wird wach, begreift aber zuerst nicht, was da los ist, und denkt deshalb nicht sofort daran, den Arm in Sicherheit zu bringen. Das ist für Jens die dringende Aufforderung, weiterzumachen.

Er robbt noch ein bisschen näher heran, wiederholt mit seinem Zeigefinger die zarte Erkundung ihres Armes und fragt: »Wenn man all diese Sommersprossen und Leberflecken miteinander

verbindet, was ergibt das dann?« – »Finger weg, Arschloch!« Finger weg, Arschloch! Mehr sagt sie nicht. Sie steht auf, zieht sich an und geht.
Das finde ich natürlich unglaublich cool von den beiden. Von ihr, dass sie so schlagfertig ist, und von ihm, dass er mir auch diesen Reinfall brühwarm auftischt. »Hau rein«, sage ich, »sind genug Brötchen da!«
Ein paar Tage später lernen wir unsere neue Mitbewohnerin endlich näher kennen. Wir sitzen in der Küche und trinken Kaffee, ich auch, und wir essen Apfelkuchen, den ich heute mal gebacken habe, weil die Äpfel so schön knackig aussahen, und Corinna kommt herein. Wir haben sie ja noch kaum gesehen, seit sie hier wohnt. Sie lässt sich auf die Bank fallen, seufzt tief und sagt »Arbeit schockt nicht. Ich glaub, ich geh da nicht wieder hin!« Ich liebe ja trockenen, lakonischen Humor.
Ich meine, Corinna kommt aus Süderbrarup. Das ist ein Städtchen östlich von Schleswig, und das drittwichtigste Gebäude von Süderbrarup ist der Raiffeisen-Getreidesilo. Das zweitwichtigste Harmsens Landmaschinenverleih. Das wichtigste der Bahnhof, um von dort weg zu kommen. Auch, wenn ich jetzt klinge wie ein schlimmer Snob, aber daher kommt Corinna, und dann lässt sie sich einfach auf die Bank fallen und sagt so einen Satz, ohne das Gesicht zu verziehen. Ich bin schwer beeindruckt und reiche ihr ein Stück Kuchen. Sie macht sich eine Tasse Caro-Landkaffee, und dann wird sie richtig warm. »Ich zeig euch mal, was ich mir gerade gekauft habe. Total schick!«
Sie zerrt etwas Dunkelblaues aus einer C&A-Tüte, breitet es liebevoll aus und lächelt vor Stolz. Ich fühle mich mit einem Schlag zwanzig Jahre jünger. Ein dunkelblauer Kapuzenanorak mit Reißverschluss. Jens und ich schlucken. »Klasse«, sage ich,

»ein Kapuzenanorak. Wusste gar nicht, dass es solche noch gibt!« – »Magst du ihn leiden? Die haben auch noch große Größen!« – »So ein Teil hab ich zuletzt im Kindergarten gehabt. Danach muss ich irgendwie zu Geschmack gekommen sein!«, sagt Jens. Er ist ja immer ein bisschen direkter als ich. »Meine Freundin Merle sagt, die trägt man jetzt viel in der Stadt!« Da sind wir lieber still, wenn Merle das sagt.
Und wie wir so nett zusammensitzen und Apfelkuchen essen und Kapuzenanoraks schön und Arbeit scheiße finden, da werden Corinna und Jens und ich auf einmal richtig warm miteinander. Das merke ich an der Art, wie wir eine Weile nichts sagen, und dann schlägt Corinna vor: »Wisst ihr was, Jungs, heute Abend gebe ich meinen Einstand. Heute Abend koch ich lecker für euch!« Wir ziehen uns zurück, damit sie in Ruhe einkaufen und vorbereiten kann, und wir sind natürlich unglaublich gespannt, was da wohl kommt, denn dass die auf dem Land noch anständig kochen können, das ist ja wohl klar. »Ich wette, es gibt Kasseler Braten mit Kartoffelbrei und Sauerkraut, und in das Kraut wird sie jede Menge Kümmel tun!«, überlege ich. Jens tippt auf Wildbraten, vielleicht Reh oder Hase und dazu Tagliatelle an Pfifferlingssauce. »Verlierer wäscht ab?« Wir freuen uns so auf unser Abendmenü, wir kaufen Corinna sogar ein paar Blumen. Dann scharren wir in Jens' Zimmer so lange Muster in die Auslegeware, bis Corinna uns endlich erlöst: »Essen ist fertig!« Und was sie da vorbereitet hat, das ist wirklich kaum zu glauben. Wir setzen uns an den Tisch und knoten uns Servietten um den Hals, und Jens mixt uns allen einen Gin Tonic. Sogar Corinna bekommt einen, wir stoßen an, und dann stellt sie zwei Töpfe auf den Tisch und sie lächelt geschafft, aber glücklich. »Ich dachte, ich mache etwas, das nicht so schwer im Magen liegt.

Guten Appetit. Ich hoffe, ihr werdet satt!« Sie reißt die Deckel von den Töpfen. Spaghetti im einen, Tomatensauce im anderen. Es gibt eine sehr lange Pause. »Das wäre doch nicht nötig gewesen!«, sagt Jens gefasst. Ich nehme das Fläschchen Platinum aus dem Kühlschrank und schlucke drei Globuli in der sehr hohen Potenz LM 6. Platinum macht bescheiden und hilft, mit Enttäuschungen nach übertriebenen Erwartungen fertig zu werden. Das Essen schmeckt, wie es aussieht. »Was genau ist das denn für eine Sauce, Corinna?« – »Die ist klasse, nicht? Das ist Tomatenmark mit warmen Wasser verrührt und zum Schluss eine Prise Pfeffer oben drauf!« Wir lassen uns nichts anmerken und versuchen still, unseren Frust klein zu saufen.

An dem Freitag, an dem mein Aufstellungswochenende beginnt, bin ich doch ziemlich aufgeregt. Um 18 Uhr soll es losgehen. Ab 12 Uhr hänge ich nur noch herum, mache ein bisschen Yoga und warte darauf, dass ich endlich losfahren kann. Ich werde nicht ganz eine Stunde zu diesem Gasthof in Angeln brauchen. Also üppig Zeit, alles in allem. Ich lese mich in die Literatur für meine nächste Hausarbeit ein, aber mir fehlt die Ruhe, mich auf den Stoff einzulassen. Die Kakteen in Jens' Zimmer können sicher etwas Wasser vertragen. Ich sehe ein bisschen fern. Um 16 Uhr kriege ich es plötzlich über den Kopf und fange noch einmal mit meinen Yoga-Übungen an, und diesmal klappt es noch besser als erwartet: Ich beruhige mich. Und ich beruhige mich noch mehr. Schließlich schlafe ich ein. Und irgendwann wache ich wieder auf. Es ist schon nach fünf, und nun wird es wirklich eng, und ich muss so übereilt aufbrechen, dass ich nicht einmal mehr überlegen kann, was ich anziehen soll. Dabei würde ich schon gern einen vernünftigen Eindruck machen.

Bin natürlich der Letzte. Die anderen sitzen schon im Stuhlkreis, und Susanne Brandt-Herlemann stellt sich gerade vor. Das dauert bei Heilpraktikern und Therapeuten immer endlos lange, weil die jede Ausbildung und Weiterqualifizierung aufzählen, die sie je gemacht haben. »Ja, dann wünsche ich uns allen eine harmonische und intensive Arbeitszeit! Herzlich willkommen zur Aufstellung eurer Lebensperspektiven!« Nun sind wir an der Reihe.

»Sagt den anderen bitte eure Namen, und wenn ihr mögt und könnt, dann solltet ihr jetzt auch schon das Problem mit uns teilen, das ihr später aufstellen wollt. Wenn ihr euch jetzt weit öffnet, werdet ihr schon heute Abend ganz viel für euch aufnehmen können! Öffnet die Türen eurer Seelen und spürt die frische Luft, die die anderen in euer Haus tragen.«

Sie schließt die Augen und zieht laut Luft durch ihre Nasenlöcher ein, hält den Atem ein paar Sekunden und atmet pustend aus dem Mund aus. Susanne, wir sind nun ganz offiziell zum Arbeits-Du übergegangen, schaut mir fest in die Augen. »Du bist Kurt, nicht wahr?!« Sie sagt das so gerade heraus und überzeugend, man könnte sie für eine Wahrsagerin halten. Wenn ich ganz anders heißen würde, ich glaube, ich würde jetzt genauso nicken. Andererseits bin ich der einzige Mann im Raum, wer sonst soll Kurt sein.

Weil ich zu spät gekommen bin, soll ich also anfangen. Ich will noch protestieren, weil mir das vorkommt wie in der Schule, dass Zuspätkommer bestraft werden, aber ich schaue noch einmal in die Runde und denke, ich habe es weiß Gott nicht immer leicht mit mir, aber bestimmt bin ich nicht der schwierigste Fall im Saal. »Ich heiße Kurt«, sage ich also, »ich bin 26 Jahre alt und…«, ich muss doch noch einmal Luft holen, ein bisschen peinlich bleibt

es, über Probleme zu sprechen, selbst mit meiner Therapieerfahrung, »und ich spüre eine innere Bremse, die meine Beziehungen zu Frauen auf ein für mein Gefühl viel zu oberflächliches Niveau beschränkt. Ich würde gern wissen, wo genau diese Bremse sitzt und wie ich sie lösen kann. Ein für alle Mal!«
Die anderen stellen sich vor. Das sind alles Frauen, und sie sind viel, viel älter als ich, die jüngste ist Mitte 40, schätze ich. Und wenn sie so erzählen, die Finger ineinander verknotet, die Schultern hängen, Zaghaftigkeit im Gesicht und keine Hoffnung in den Augen, da komme ich mir noch richtig selbstbewusst vor. Weil das hier keine Familienaufstellung im engeren Sinne ist, haben die meisten Probleme aus dem Job mitgebracht. Erzählen mit leiser Stimme und gesenktem Blick von den mobbenden Kollegen und vom gemeinen Chef. Susanne beschließt, ich soll als Erster aufstellen.
Ich habe längst aufgehört, mich zu sträuben. Wir reden noch einmal kurz über meinen Kummer und überlegen, wen ich aufstellen muss. Dann bestimme ich, wer wen repräsentieren soll. Ursula, die Versicherungsangestellte aus Flensburg, wirkt am hilflosesten und verschüchtertsten von allen. Die nehme ich als meine Lebensbremse. Brauche ich noch meine Eltern als die ersten, die mein Frauenbild prägten, und meine Schwester. Die stelle ich in dem weiten Rund vor unseren Stühlen dahin, wo es sich gut anfühlt. Und immer wieder fragt Susanne erst mich: »Wie fühlst du dich?«, dann meine Repräsentanten: »Wie fühlt ihr euch dabei?«.
Die Schauspieler erstaunen mich. Ich habe nicht viel gefühlt, als ich sie an ihre Plätze geführt habe. Eigentlich gar nichts. Aber die stehen jetzt in einem bestimmten Verhältnis zueinander, da merken die schon, wo in dem Geflecht meiner Familienbezie-

hungen der Haken sitzt. Susanne stellt noch jemanden als meinen Großvater dazu. Meiner Mutter oder der, die so tut, als wäre sie es, wird heiß, und sie muss schwer atmen. Ich stelle meinen Opa weiter weg, und meiner Mutter geht es gleich wieder besser. Schon interessant. Dann stellt Susanne jemanden, der alle meine bisherigen Freundinnen spielt, in den Kreis. Die Bremse fühlt sich sofort ganz stark, und der, der ich ist, möchte ganz weit weg, und der, der mein Großvater ist, sagt: »Ich spüre, dass alle auf mich schauen!« »A-ha«, sagt Susanne, »spürst du das?« Es läuft also darauf hinaus, dass ich ja sagen muss zu meiner männlichen Energie. Das predigt Frauke mir ja auch wieder und wieder, aber hier sehe ich zum ersten Mal, wie ich in diesen ganzen Schlamassel hineingerutscht bin. Susanne wendet mich zu meinem Großvater. Ich spreche ihr nach: »Ich kann deine Kraft annehmen. Ich danke dir dafür!« Sicher, das klingt jetzt nach Hokuspokus, aber ich spüre tatsächlich so einen Schwall Energie zu mir herüberfluten. Dann ist Pause.
Das hat höchstens zwanzig Minuten gedauert. Ich schlendere in den Schankraum unseres Gasthofes, und ich weiß nicht, vielleicht täusche ich mich, aber es kommt mir vor, als ginge ich schon etwas breitbeiniger und aufrechter als eben noch. Nun mache ich etwas, darüber wundere ich mich sehr. Ich bestelle ein Bier.
Ich denke noch einmal nach, nicht vielleicht doch lieber einen Pfefferminztee? Oder ein Glas Wein. Nein, kein Zweifel, ich habe enormen Durst auf Bier. Die erste Hälfte kippe ich fast in einem Zug herunter. Der Rest schmeckt großartig. Warum soll ich auch kein Bier trinken? Kann ja machen, was ich will. Susanne hat in unserem Tagungsraum einen Gong aufgestellt. Den schlägt sie nun. Die Pause ist zu Ende.

9

Und da geht zum zweiten Mal an diesem Abend, zum zweiten Mal in meinem Leben ein Ruck durch mich. Ich frage mich, was ich hier noch soll, und dass ich mich das frage, ist ja schon die Antwort. Ich nehme meine Jacke und sage Susanne, ich fahre nach Hause. Erwarte nicht zu schnell zu viel Veränderung, sagt sie, aber ich bin 26 und habe nicht mehr unendlich viel Zeit. Ich will es jetzt wissen, jetzt gleich.

Ich fahre nach Hause und erzähle Jens lieber nicht, was ich gemacht habe. Ein paar Minuten später haben wir ohnehin andere Sorgen. Corinna sagt, Arne Förster käme gleich, sie abzuholen. Arne muss ein ganz Toller sein. »Der sieht gut aus, ist intelligent und witzig, und er hat einen grünen Gürtel im Judo. Ich weiß gar nicht, was der mit einer wie mir will?« Corinna hat sich schon fein gemacht. Ihre Freundin Gesa hat ihr das Kleid geliehen. »Wie findet ihr das? Sieht doch sexy aus?« Ja, sagen wir, Arne wird riesige Augen machen, und er wird einen Ständer kriegen von der Tür bis in die Küche.

Sexy? Das Kleid ist von Laura Ashley, ein mehrlagiges, langärmeliges, halshohes Kleid mit Überrock und Rüschenkragen und dicken Plisseefalten, die bis zum Boden reichen. Da ist nun rein gar nichts zu sehen oder zu ahnen. Sie wollen zu einem Konzert ins Schloss. Wir mixen uns Getränke und setzen uns auf die Zweiercouch im vorderen Flur, direkt vor der Tür, und warten.

Arne kommt eine dreiviertel Stunde zu spät. Ich mit der ganzen Aufregung, wir beide mit einigen Gin Tonic im Blut – wir sind einigermaßen heiter, als Arne endlich vor uns steht. Wir erheben uns und stellen uns vor. Dann fragen wir ihn ein bisschen aus. Ist ja normal, dass man wissen will, was für einen Umgang der Mensch hat, mit dem man unter einem Dach lebt. »Was machen Sie denn beruflich, Herr Förster?«, »Und wie sind die Aussichten für junge Chemiedoktoranden, Herr Förster?«, »Wohnen Ihre Eltern zur Miete, Herr Förster, oder konnten sie Grundeigentum erwerben?« – wir zeigen Interesse.
Arne scheint uns und unsere redlichen Absichten nicht recht einordnen zu können. Zuerst sieht er irritiert aus, dann genervt und schließlich richtig mies gelaunt. Aber er weiß offensichtlich immer noch nicht, wie er sich hier lässig aus der Affäre ziehen kann. Corinna kommt von ihrem letzten Anhübschversuch aus dem Bad. »Da bist du ja!«, sagt sie. »Eine dreiviertel Stunde zu spät!«, sagt Jens. »Aber das Warten hat sich ja gelohnt!«, sage ich. »Mann, siehst du klasse aus«, jubelt Corinna, »da kann ich überhaupt nicht mithalten!« Arne lächelt linkisch. »Der richtige Moment, das Kompliment aus vollem Herzen zurück zu geben!«, sagt Jens. »Besser zu überbieten!«, sage ich. Arne sagt nichts. Er lächelt hilflos. Und was hat er sich nicht hübsch gemacht.
Unsere beiden Turteltäubchen verlassen das Haus, und wir können Arnes Outfit in Ruhe diskutieren. Da ist die Spencerjacke. Ich dachte, Spencerjacken dürfen nur noch von den Stewards beim Captain's Dinner auf dem ›Love Boat‹ getragen werden. Eine schwarze, unten etwas zu kurze Spencerjacke also. Dazu das weiße Stehkragenhemd, das geht in Ordnung, das gehört zusammen. Um den Hals eine rote Fliege. Auch kein Drama.

Aber jetzt kommt es: Arnes Beine stecken in einer schwarzen Bundfaltenjeans. Die ist unten ein winziges Stückchen zu kurz. So sind die Mäuseschläppchen gut zu sehen, vor allem aber die weißen Sportsocken.
Das glaubt jetzt keiner, aber Arne trägt zu diesem feinen Ausgehanzug tatsächlich weiße Sportsocken. Jens und ich rückversichern uns mehrmals deshalb, denn weiße Sportsocken, wenn man nicht Sport macht, das ist so ein abgedroschenes Klischee, das taugt nicht mal mehr zum Witze machen. Aber wir sind hundertprozentig sicher: Arne trägt weiße Sportsocken zur Abendgarderobe. »Keine Ahnung, was das über seinen Charakter sagt. Aber nun ist mal klar, ich bin in dieser Stadt nicht der Typ mit dem miesesten Geschmack!«, sagt Jens.
Wir haben uns Arne gegenüber wie Arschlöcher benommen. Habe ich Gewissensbisse deswegen? Ich freue mich sogar darüber, ich denke, ich muss jetzt öfter mal den Mut haben, mich daneben zu benehmen. Dann lieben mich eben nicht alle.
Wir nehmen noch ein Getränk, und dann sehen wir ein: Eine warme Freitagnacht, die schreit nach Jungs wie uns. Da gibt es einen Veranstaltungssaal, der ist normalerweise Disko oder Konzertbühne, da findet heute eine Modenacht statt. Das ist die Sorte Veranstaltung, auf der wir fast alle Leute treffen werden, die wir kennen. »Mit Dessous-Modenschau« lese ich die Anzeige im Stadtmagazin laut vor.
Eine halbe Stunde später sind wir drin. Gerade läuft eine Modenschau für Männer-Bademode. Die Mädchen im Publikum rascheln aufgeregt, wir Jungs staunen still. Ziemlich breite Typen auf dem Laufsteg. Und dann kommt einer nach vorn, dem stehen die Surf-Shorts zwischen den Beinen verdächtig weit ab. »Sach ma', lässt der da 'ne Rakete steigen? Hier, vor allen

Leuten? Hut ab! Meinst du das auch, dass der eine Rakete steigen lässt, Tiny?« Die Pauls. »Logo lässt der eine Rakete steigen. Die geht gleich so ab, die Rakete!« – »Läuft der hier vor den Hühnern auf und ab und lässt eine Rakete steigen. Hut ab!«
Wir treffen Siggi und Antje. Antje gibt mir einen Kuss. »Sagt mal, Jungs, glaubt ihr, Männer mögen auch dicke Frauen?« Ich biete ihr an, dass sie nachher mit zu mir kommen kann, damit wir nachgucken, ob sie überhaupt dick ist. Dann sehen wir weiter, sage ich. Mann, gehe ich ran. Fühlt sich aber überhaupt nicht blöd an, dieses neue Männer-Ding, das ich hier durchziehe. Antje guckt mich auch sehr erstaunt an. »Was ist denn mit dir los? Willst du plötzlich mutig werden?« Ich nicke. Sie knufft mich.
Plötzlich sind wir zu fünft. Antje hat noch eine Freundin mitgebracht, die ist nun vom Prosecco holen zurück. Ich komme nicht dazu, sie genauer anzuschauen: Die Dessous werden gezeigt. Ein paar Models tragen zu diesen bewegenden Slips und BHs noch halterlose Strümpfe. Das ist die Krönung für mich. Kommt vielleicht daher, dass ich ein Kind der 80er bin. Auch wenn das in meinem Fall wohl eher bedeutet, dass ich in dieser Zeit alle sexuell wichtigen Erfahrungen verpasst habe. Halterlose Strümpfe zu kurzen oder weit geschlitzten Röcken, und wenn da ein wenig Bewegung ins Spiel kommt, sieht man den Strumpfsaum mit seinem Spitzenrand und darüber ein paar Zentimeter blankes Fleisch, und das alles wird umspielt von den Falten des Rockstoffes. Mir gefällt das sehr, sehr gut. Wird das jetzt wieder modern? Was für ein Omen für meine Zukunft, für die Erfüllung meines bislang Unerfüllten.
Ich starre in ein paar Dekolletés und fahre nach Hause. Das hört sich jetzt sicher sehr langweilig an. Aber ich habe nicht das

Gefühl, dass ich wieder einmal zu früh aufgebe. Morgen werde ich mir ein richtiges Bett kaufen oder bauen. Ich drücke meine müden Wangen auf mein ›Onanie ist kein Verbrechen‹-Kopfkissen und schlafe zufrieden ein. Dieser Kopfkissenbezug, den ich von Ingo zum Einzug bekommen habe, ist schon ein Phänomen. Einerseits unglaublich weich und dann so kühl, selbst jetzt im Sommer fühlt er sich immer herrlich kühl an.
Mitten in der Nacht weckt mich ein spitzer Schrei, der offenbar schnell unterdrückt wird. Das ist nicht für mich gemeint. Morgens sitze ich beim Kaffee in der Küche. Wenn ich mich richtig entsinne, läuft »Der Mann in der Wildnis« mit Richard Harris, als Corinna in die Küche geschlurft kommt. Sie sieht nicht sehr ausgeschlafen aus. Ich stelle ihr einen Becher Kaffee hin. Die Wohnungstür wird mit so viel Schwung zugeworfen, dass der Kühlschrank aufgeht. »Jens?«, brülle ich. Corinna zuckt zusammen. Sie leidet mitunter unter Migräneanfällen. Heute scheint so ein Tag zu sein. »'s war Arne, der muss bei seinem Opa Rasen mähen. Kommt heute Abend wieder!«, nuschelt sie mit geschlossenen Augen. Arne, wieso Arne, was macht der um diese Zeit in unserer Wohnung. »Ich denke mal, wir sind dann wohl zusammen seit letzter Nacht!« Jetzt muss sie doch mal grinsen.
Wir sitzen noch ein bisschen und sehen fern und trinken Kaffee, und dann ist es 9 Uhr. Spät genug. Ich halte es nicht mehr aus. Das Sexleben in dieser Wohngemeinschaft entwickelt sich anders als erwartet und nicht zu unseren Gunsten. Ich stürme durch mein Zimmer und reiße unsere Schiebetür auf. Das findet Jens aber auch nur halb in Ordnung, dass Corinna als letzte hier einzieht und als erste zum Vögeln kommt. Da stimmt doch was nicht.

»Verkehrte Welt!«, sagt Jens. »Ist nicht reell, so was!«, sage ich. Jetzt könnte die glatt vor uns eine Kerbe in das linke vordere Tischbein machen. Wir werden ihr natürlich nichts von unserer Abmachung sagen. Wenn sie jetzt wirklich die Säge heraus holen würde, wird sie am Ende noch übermütig. Wir müssen uns mehr Mühe geben, sage ich. Jens nickt. »Was ist denn mit dir los, du bist doch sonst nicht so zuversichtlich und dynamisch?!«

Ich kaufe im ›Dänischen Bettenlager‹ eine Matratze und einen Lattenrost und eine Decke und Bettwäsche. Alles bewusst groß gehalten. Ich will jetzt nicht mehr nur an mich denken. Und wirklich, mit dem neuen Bett sieht mein Zimmer verdammt einladend aus. Also, wenn ich eine Frau wäre, hier würde ich es mir gern mit mir gemütlich machen.

Jens fragt mich, ob ich die Freundin von Antje gestern Abend gesehen habe. »Die kleine Dicke? Was ist denn mit der?« – »Okay, klein ist sie. Aber nicht dick!« – »Vielleicht hast du recht. Hab da eh nicht richtig hingeguckt. Die hat aber ein ziemlich fieses Gesicht, oder?«

Jens sagt gar nichts mehr, schnappt sich stattdessen das Telefon und ruft Antje an. Wie die Telefonnummer ihrer Freundin von gestern Abend ist, will er wissen. »Wieso, brauchst du noch einen Korb? Dazu brauchst du nicht extra Evelyn anzurufen. Den kann ich dir auch geben«, höre ich sie durch das Telefon wiehern.

Er kriegt die Nummer, und weil ich weiß, wie es weitergehen wird, ich kenne diese »Mit-wem-gehst-du-heute-eigentlich-ins-Kino«-Leier ja nun wirklich schon zur Genüge, schließe ich unsere Zwischentür, setze Kopfhörer auf, lege mich auf meinen Fußboden und höre Musik.

Jens kommt herein und zieht ein Gesicht, als er mich so liegen sieht. Ich liege wahnsinnig gern auf meinem Fußboden und höre Musik. Am liebsten nachts, und dann schaue ich aus dem Fenster auf die Lichter der Stadt und warte, bis die Strahler am Rathausturm ausgeschaltet werden. Jens hält mich deshalb für suizidgefährdet. Stimmt natürlich nicht. Manchmal fällt nur so ein grauer Schleier über mich, dann werde ich melancholisch und traurig, ohne zu wissen, was mich traurig macht. Und dieses Gefühl, nicht hierher zu gehören, wird dann auch ganz stark. Ich finde diese Stimmung aber überhaupt nicht schlimm. Ich lasse mich da einfach hineinfallen, dann ist es auch schon fast vorbei, bevor ich ganz unten angekommen bin. Wenn mich diese Laune überkommt, dann ist das für mich ein Wink, dass ich langsam machen und mich besinnen soll.

Und wenn ich mich dann zum Beispiel auf meinen Fußboden lege und meiner Stadt beim Dunkelwerden zuschaue, spüre ich, wie diese Traurigkeit meine Sensoren stärkt. Ich schalte einen Gang zurück und empfinde die Dinge plötzlich viel intensiver. Andere müssen dazu ein Tütchen rauchen, ich habe meins eingebaut.

Jens ist da vollkommen anders. Wenn ihn auch nur ein Anflug von Melancholie überkommt, startet er das Gute-Laune-Notfallprogramm und hält mit noch mehr Lautstärke dagegen. Solche Leute haben ja meistens Angst, dass sie den Boden völlig verlieren, wenn sie ein Bein heben. Deshalb kann Jens es nicht leiden, mich auf meinem Fußboden ausruhen zu sehen. Er macht also ein Gesicht, fängt sich aber wieder, als er sieht, dass heute wirklich alles in Ordnung ist mit mir, trotz der Pause auf den Dielen.

»Na, mein weißer Prinz! Wo willst du denn so aufgeregt hin?«

– »Rat mal, wen ich jetzt zum Rumfahren abhole? Und wer nachher mit mir ins Kino geht! Rat mal!« – »Meine Mutter?« – »Arschloch! Evelyn. Die ist so was von aufgeschlossen!« – »Antjes Freundin von gestern Abend?« – »Yessir!« – »Die kleine Dicke mit dem Gesicht?« – »Arschloch! Und so wahnsinnig klein ist sie gar nicht!« – »Wie klein?« – »1 Meter 53!« – »1,53? Du bist 1,92! Das ist krank. Das sieht doch scheiße aus. Die werden dich verhaften!« – »Arschloch!« – »Viel Spaß, und reite wohl, mein weißer Prinz!«

10

In der folgenden Nacht werde ich wieder geweckt. Wieder und wieder dringt ein Brüllen aus Jens' Zimmer zu mir herüber, dass ich denke, hört doch endlich auf, die Seeelefantenkühe so zu quälen. So brüllen Frauen, die gelesen haben, dass leidenschaftliche Frauen beim Sex gern und laut und viel schreien. Klingt nicht sehr authentisch, soweit ich das beurteilen kann. Ich finde das Geräusch auch nicht sehr schön und habe den Verdacht, dass ich eben gerade angefangen habe, Evelyn nicht zu mögen.
Am nächsten Morgen verpassen mir die beiden noch vor meinem Sonnengruß einen doppelten Haken. Ich habe ja ganz beschissen geschlafen. Erst das hysterische Gekreische, und wie ich dann wach in meinem neuen Bettchen liege, wird mir klar, Jens hat es geschafft, nun hat er seinen Stich gelandet. Und vor mir. Ich trinke also morgens erst einen Kaffee, den dritten in dieser Woche. Allmählich muss ich aufpassen.
Jens kommt herein. Grinst wie an dem Tag, als wir im Allgäu eine Motorhaube und einen intakten Zylinderkopfdeckel für den Taunus kauften. Steht vor mir und kann mit dem Grinsen nicht aufhören. »In Ordnung«, sage ich, »ich konnte es hören. Du hast gewonnen. Herzlichen Glückwunsch. Nun nimm dir einen Kaffee und hör auf mit dem dämlichen Dauergrinsen. Wenn du jetzt einen Schlaganfall bekommst, bleibt dein Gesicht so. Für immer!«

Jens dreht sich um, und ich denke, er kippt sich einen Kaffee ein. Aber nein, kein Kaffee, noch nicht. Ich finde das unglaublich, was er jetzt macht. »Hier, guck mal, was die mit mir gemacht hat!« Er zieht sein T-Shirt hoch und zeigt mir seinen Rücken. Alles zerkratzt.

»Ich hoffe, sie hat dir einen aktuellen Aids-Test gezeigt«, sage ich. Wir erzählen uns ja viel. Und dass nun wenigstens er den Akt vollzogen hat, darüber freue ich mich für ihn. Aber ihr Schreien letzte Nacht, und jetzt zeigt er mir noch seinen zerkratzten Rücken – so genau möchte ich das gar nicht wissen. Das ist sogar viel mehr, als ich wissen möchte. Ich lasse Jens mit seinen Wunden zurück und latsche in mein Zimmer.

Aus dem vorderen Flur kommt mir ein kleines, dickes und sehr haariges Tier entgegengelaufen. »Corinna, hast du einen Hund?« Corinna antwortet nicht. Das kleine, dicke und sehr haarige Tier kommt näher. Nun kann ich es besser erkennen. Es trägt Jens' Bademantel, und es schaut mich an.

»Griaß di'!«, sagt es. »Ich bin die Evelyn, und du musst der Kurt sein!« Wohl doch kein Hund. Jetzt kassiere ich den zweiten Treffer: Evelyn reibt meine Schulter. Das gibt es ja, manche Menschen begrüßen sich so. Ich trete einen Schritt zurück. »Manche Menschen begrüßen sich so. Manche. Nicht ich. Ich mag nicht angefasst werden. Versuch dir das zu merken, und wir können vielleicht Freunde bleiben.« – »Gern! Trinkst an Kaffee mit dem Jens und mit mir?« – »Hast du einen Sprachfehler? Und vielen Dank, aber das ist mein Kaffee, den habe ich gekauft, und du musst mir nichts anbieten von meinem Kaffee. Ich weiß schon selbst, wann mir nach einem Becher von meinem Kaffee ist. Jens weiß das auch!« – »I bin aus Kärnten!«

Der Tag fängt ja toll an: Mein Mitbewohner lässt sich von einer Österreicherin beim Vögeln den Rücken zerkratzen und ist auch noch stolz darauf. Tag für Tag geht das jetzt so: Evelyn kreischt sich nachts den Restverstand aus dem Leib, und morgens fängt sie mich irgendwo zwischen meinem Zimmer und der Küche ab. Sie reibt mir die Schulter und wünscht mir einen guten Morgen. Da kann ich bitten und flehen und drohen, wie ich will. Sei nicht so intensiv, sage ich, aber sie hört nicht zu. Sie reibt meine Schulter und wünscht mir einen guten Morgen. Manchmal schiebt sie noch »Hast du gut geschlafen, Kurt?« hinterher. Ich brauche Stunden, um mich davon zu erholen. Manchmal bleibt die schlechte Laune den ganzen Tag.

An einem bis dahin gar nicht so üblen Morgen sitze ich an meinem Schreibtisch. Nächste Woche muss ich eine Hausarbeit abgeben, und ich habe noch nicht angefangen. Acht Tage fürs Lesen und zum Schreiben, da ist schon ungefähr klar, was am Ende herauskommen wird. Jens ist den ganzen Tag in der Fachhochschule, da habe ich wenigstens Ruhe, denke ich.
Die Zwischentür geht auf. Evelyn. Evelyn ist nun quasi bei uns eingezogen. Sie arbeitet an vier Tagen in der Woche von 10 bis 16 Uhr. Den Rest der Zeit verbringt sie in der Wohnung und wartet auf Jens. »Evelyn, die Zwischentür öffnen eigentlich nur Jens oder ich und nur, wenn es wirklich wichtig ist!« – »Ah, sei doch net immer so grantig!« – »Ich glaube, Evelyn, wir haben ein Kommunikationsproblem!« Das ignoriert sie völlig.
Sie kommt in mein Zimmer, sie kommt hinter meinen Schreibtisch und setzt sich hinter meinen Rücken auf die Fensterbank. Das kann ich nun gar nicht leiden. »Was machst du denn da?« – »Ich lese ein Buch!« – »Ach wirklich, worüber denn?« – »Über die Verfassungsgeschichte der Vereinigten

Staaten!« – »Das ist ja klasse. Für Amerika habe ich mich schon immer wahnsinnig interessiert. Da musst du mir was drüber erzählen!« – »Was denn?« – »Alles. Ich weiß gar nichts darüber!« Das wiederum ist keine Riesenüberraschung.
Ich sage nichts mehr, klappe mein Buch zu, stehe auf und gehe raus und latsche ziellos durch die Stadt, bis ich in einem Café Simone sehe. Simone sitzt da mit einer Freundin, und ich weiß, das wirkt sehr aufdringlich, aber die Unterhaltung mit Evelyn hat mich so zermürbt, ich muss jetzt einfach ein paar Worte mit normalen Mädchen reden, und deshalb frage ich, ob ich mich dazusetzen darf. Simone ist mit Jens zur Schule gegangen. Ihre Freundin heißt Ellen. Ganz hübscher Name, finde ich. Sie sieht auch überhaupt nicht schlecht aus.
Ich stehe sehr auf brünette Haare, weil da das Licht am besten drin herumspielen kann. Gibt immer neue Nuancen, je nachdem, welches Licht wie fällt, und man braucht nur eine einzige Frau angucken dazu. Ellen ist auf Besuch. Sie kommt aus Berlin. Es ist warm, und so beschließen wir, nach Schilksee an den Strand zu fahren.
Simone dirigiert gern, deshalb sagt sie, wir fahren mit zwei Autos, weil sie nachher früher nach Hause muss, und außerdem haben nun mal beide Mädels ihre Autos in der Stadt. Ich soll mit Ellen fahren, die kennt den Weg ja nicht. Fühlt sich gut an, wie wir uns während der Fahrt unterhalten. Hat man ja nicht oft, dass man wildfremde Leute trifft und gleich mit ihnen reden kann, als hätte man schon viele Mal über persönliche Dinge gelacht. Ich trage sogar Ellens Tasche an den Strand. Simone kommt nach.
Wir liegen und reden und essen Pommes und Eis. Dann gehen wir schwimmen. Ich mache ein paar Züge Delfin. Zurück an

Land, macht mir Ellen Komplimente wegen meiner Rückenmuskeln. Sie sieht aber auch sehr gut aus, mit dem trocknenden Ostseesalz auf ihrer braunen Haut. Wenn unsere Blicke sich jetzt kreuzen, da ist schon etwas drin, das spüre ich. Am frühen Abend verabschiedet sich Simone wie angekündigt. Ellen sagt, sie hat noch Zeit. Ich auch. Sie muss erst morgen Abend zurück nach Berlin.

So viel Trubel tagsüber in Schilksee ist, abends wird es ein bisschen trostlos. Gibt es einen Strand, an dem es jetzt gemütlicher ist, fragt Ellen. Wir fahren nach Falckenstein an den Leuchtturm. Unterwegs kaufen wir an der Tankstelle einen einfachen Grill, Kohle, Bier, Brot und Salat. Eine Decke hat Ellen im Auto. Wir liegen auf der Decke, die Sonne geht unter, und da ist sie wieder, die Kieler Förde in einer Sommervollmondnacht. Ein finnischer Papierfrachter zieht vorbei. »Ist das schön hier!«, sagt Ellen. Ich gebe ihr einen Kuss. Wir fassen uns an.

Am nächsten Morgen fahren wir in die Lerchenstraße und schlafen uns erstmal aus. Es ist Mittag, als wir wach werden. Wir küssen uns wieder. Ellen steht auf und dreht den Schlüssel in der Zwischentür. Dann geht sie zum Fenster und schließt die Jalousien. Ganz nackt steht sie da und lässt das Band, mit dem man die Sonnenblende hochzieht und herunterlässt, durch ihre Finger gleiten. Durch die Ritzen zwischen den Lamellen fallen nun nur noch kleine Streifen Sonnenlicht. Das Holz der Jalousien färbt sie gelb und dunkelbraun und wirft sie auf Ellens Haut. Wunderschön sieht das aus. Ellen kommt ans Bett zurück. Ich sehe in ihren Augen, was nun passieren wird, und ich sehe in ihren Augen, dass ich keine Angst haben muss. Neben dem Bett liegt Ellens 501. Sie zieht ein Päckchen Kondome heraus. Dann kommt sie zu mir. Wir küssen uns. Machen weiter.

Und dann liegt sie auf dem Bauch, streckt die Arme nach vorn und guckt zu mir nach hinten, während ich mich startklar mache. Das sagen die immer so einfach, Kondom aufsetzen, Reservoir zusammen drücken und nach unten rollen das Ding. Aber irgendwann klappt es doch.

Ich glaube, Ellen strahlt so viel Zuversicht und Sicherheit aus, das reicht auch für mich. Da kann gar nicht viel schief gehen. Einen Moment weht trotzdem eine Wolke Ungläubigkeit durch mich. Für ein paar Sekunden trete ich aus mir heraus. Ich stehe neben mir und betrachte uns und denke, das kann nicht sein. Das bin doch unmöglich ich, der gleich mit dieser Frau schlafen wird. Sie kauert sich auf Knie und Ellenbogen. Ich muss schlucken. Aber ich weiß, sie wird mich nicht auffressen. Und wie ich gerade anfange, den Akt zum ersten Mal in meinem Leben zu vollziehen, wird die Tür aufgerissen. Corinna. Wenn man meine Tür öffnet, steht man direkt vor dem Bett. Sie hat uns also voll im Blick, mich zur Linken, meine knieende Berlinerin zur Rechten. »Oh!«, sagt sie. Und was macht sie? Jeder normale Mensch würde jetzt ›Tschuldigung‹ murmeln, alles Gute wünschen und leise die Tür hinter sich schließen. Corinna ist wie in Trance. Sie hat natürlich einen Riesenschreck bekommen, ihre Schultern sind nach vorn gefallen. Sie verschränkt die Arme vor der Brust, macht ein Gesicht wie nach sieben Tagen Migräne und latscht quer durch mein Zimmer bis ans Fenster, setzt sich auf die Heizung, wo sie uns besonders gut sehen kann und stottert: »Ich, äh, ich w-w-wo-wollte, ich wollte nur f-f-fra-fra-fragen, ob Kurt heu-heu-heute wieder Nudeln macht. Kurt macht nämlich immer so le-le-leckere Nu-nu-nudeln. Mit viel Knoblauch!« Ich sortiere mich aus Ellen heraus.

Ellen spürt sofort, dass Corinna aufgemuntert werden muss,

sonst wird die mit ihrer Schreckstarre noch festwachsen an meiner Heizung. »Stampft er die Zehen denn vorher in Salz?« Ich schaue Ellen erstaunt an: »Den Trick kennst du?« Corinna macht immer noch keine Anstalten, das Zimmer zu verlassen. Das soll nun aber auch nicht zu gemütlich werden hier. »Ich mache später gern Nudeln. Hättest du etwas dagegen, wenn ich hier erst fertig mache?«, frage ich.

Corinna verschwindet, immer noch knallrot. Ellen lacht. Gott sei Dank. Wenn schon eine Panne, dann wenigstens mit einer Frau darüber lachen. Mir wird wieder ganz warm. Wir kennen uns noch nicht einmal einen ganzen Tag, aber ich habe überhaupt keine Angst vor ihr. Nicht einmal Hemmungen. Und was jetzt kommt, das ist Slapstick, das passiert eigentlich nicht wirklich. Nur mir. Wir fangen wieder an, es uns gut gehen zu lassen, da wird die Haustür aufgerissen, zugeschlagen. Jens' Zimmertür wird aufgestoßen, zugetreten. Musik wird aufgedreht, Schuhe fallen auf den Boden, eine Matratze gibt keuchend nach. Jens und Evelyn sind nach Hause gekommen. Einige Minuten später ist Evelyn schon voll auf Touren. Das hört sich an wie »Stimmbildung für Schauspielschüler II: die Orgasmussimulation«. Sie stöhnt nicht, sie schreit.

»Interessant!«, sagt Ellen. Wir versuchen noch einmal, mit dem Feminismus fortzufahren. Aber Evelyn so laut in meinen Ohren, das ist wie Evelyn mit in meinem Bett. Ich kann nicht. Ich fasse es nicht, das ist doch der pure Hohn, dass ich nun als Krönung meiner Leiden Erektionsprobleme habe. »Ruf mich an, wenn du aus dieser Jugendherberge ausgezogen bist!«, sagt Ellen, gibt mir einen Kuss, zieht sich an und geht.

Ich trete in meinen Schrank und brülle »Scheiße!« Dann ziehe ich meine Laufschuhe an und gehe joggen. Ich spüre, wenn ich jetzt nicht sofort laufen gehe und mich da draußen abreagiere, werde ich in Jens' Zimmer stürmen und Evelyn erdrosseln. Mindestens die Stimmbänder werde ich ihr herausholen. Als ich wieder nach Hause komme, sind Jens und Evelyn weg. Corinna und ich essen Nudeln. Ich merke, es ist ihr peinlich, dass sie vorhin ohne Klopfen in mein Zimmer gekommen ist, aber ich will nicht reden. »Kein Wort!«, sage ich. Dann sehe ich fern und schlafe ein.

Der nächste Tag ist ein Sonntag. Ich sitze schon früh in meinem Morgenmantel in der Küche auf unserer Eckbank und trinke Kaffee und esse Schokolade, und ich habe »Missouri« eingelegt. Das ist ja einer der besten Western überhaupt. Evelyn kommt herein. Ich nehme ein paar »Rescue Remedy«-Bachblüten-Tropfen und sehe weiter fern. Ich will mich nicht mehr aufregen. Evelyn sieht wie immer deprimierend aus, aber noch viel mehr stört mich, dass sie auf den Bildschirm glotzt, quiekt und fragt: »Ach, ist das ein amerikanischer Heimatfilm? Die liebe ich wahn-sin-nig!« – »Nein«, sage ich und ich bin ruhig, ganz ruhig, »kein Heimatfilm, das sind die Nachrichten. Von einem Hof in Dithmarschen sind Pferde geklaut worden, und das hier sind die Aufnahmen der Überwachungskameras. Hier können wir gerade mitverfolgen, wie sich die mutmaßlichen Täter in die Steppe Richtung Meldorf davon machen!«
Evelyn macht große Augen. Dann dreht sie sich zu mir, und mein Herz rast, und mein Magen wird flau, ich habe eine Panikattacke. Hier sitze ich, und ich komme nicht weg: Ich bin eingeklemmt, rechts neben mir auf der Bank der Altpapierhaufen, hätte auch längst entsorgt werden müssen, vorn der Tisch – es gibt kein Entkommen. Sie streckt schon ihre kurzen,

fetten Finger nach mir aus. Ich werfe mich nach hinten und nach rechts, aber sie gleicht ihre erbärmliche Reichweite mit erstaunlicher Beweglichkeit aus, kriegt mich zu fassen, reibt meine Schulter und lacht mich an. Alles in mir krampft sich zusammen.

Der Becher fällt mir aus der Hand, auf den Tisch. Der Kaffee schwappt auf Jens' weißen Bademantel, den nun Evelyn trägt, und auf ihre kurzen, dicken Beine. Sie schreit auf. Den Kaffee hatte ich mir gerade erst eingeschenkt. Noch viel zu heiß zum Trinken. Eine hellbraune Lache breitet sich auf Jens' Bademantel aus. Ich nehme immer Dosenmilch zum Kaffee. Das schmeckt besser und gibt dem Kaffee diese schöne Farbe, und ich denke, wie grotesk dieser Bademantel an Evelyn aussieht, an den Ärmeln dreimal umgeschlagen, unten bis zu den Knöcheln und mitten drin, auf Bauchhöhe, diese hellbraune Lache.

Ich stürze raus, kleide mich hastig an und fahre mit dem Rad zu Ingo Schröder. Bei dem gibt es keinen Kaffee, nur Espresso, aber eben auch keine Evelyn. Wir besprechen den Fall. Ingo ist auch genervt, weil wir Jens kaum noch zu sehen bekommen, und wenn, dann ist Evelyn dabei.

»Was ist das mit der weißen Scheiße und seiner Gams? Wird das was Festes mit denen, oder lässt er sich nur ordentlich entsaften, und in einer Woche ist alles vorbei?« Das würde ich auch gern wissen. »Schokolade?« Natürlich möchte ich Schokolade. Bei Ingo gibt es meistens Kinderschokolade. Die schmeckt ja wirklich ganz gut. Ingo hat immer einen größeren Vorrat, weil er montags ins Kino geht, natürlich nie allein, und weil er weiß, was Frauen wollen, nimmt er ein paar Riegel Kinderschokolade mit in die Vorstellung. Und fährt gut damit, sagt er. Erstens signalisiert Kinderschokolade ja schon mit ihrem Namen einen

Bezug zum inneren Kind. Zweitens das Bild von dem Jungen auf der Packung – ich mag Kinder, heißt das. Und drittens einem Mädchen überhaupt Schokolade anzubieten, zeigt ja, dass man sie nicht zu dick findet. Die paar Riegel können deiner Figur nun wirklich nicht schaden, sagt das.

Wir überlegen, warum wir Evelyn nicht mögen. »Mir geht ihre Dämlichkeit auf den Keks!«, sagt Ingo. Das ist ein guter Punkt. Vor ein paar Tagen zum Beispiel, da saßen wir drei Jungs zusammen in der Lerchenstraße. Wir sprachen über Kopenhagen und wie schön es ist, im Frühling vor McDonald's in der Haupteinkaufsstraße zu sitzen und zu gucken, einfach nur zu gucken. Wenn Kopenhagenerinnen lächeln, das ist einfach immer wieder umwerfend. Und sie lächeln gern und viel. Einmal saßen wir dort in Kopenhagen, und Schröder wurde ganz aufgeregt. Wegen einer Frau. Das erleben wir nicht sehr oft bei ihm. »Seht ihr die Rothaarige da drüben?« Die war gut zu sehen. Schröder hyperventilierte fast, ich trat gegen sein Stuhlbein, um ihn zurückzuholen, und er kippte beinahe hinten über, denn er hatte mal wieder gekippelt. Die schöne Kopenhagenerin hatte diese Bewegung aus den Augenwinkeln bemerkt. Und was machte sie? Erst lachte sie, und dann kam sie tatsächlich herüber zu uns. Da waren bestimmt 50 Meter, die sie zurücklegen musste, wir hatten also reichlich Zeit, nervös zu werden. Und dann stand sie vor uns, lachte wieder und fragte Schröder »Aren't you the guy from last night?« Wir drei natürlich schwer am Husten und Verschlucken. Das war das eine Mal, dass ich Ingo Schröder in Gegenwart einer Frau habe rot werden sehen. Und ihm ist nichts Schlagfertigeres eingefallen als »Äh, no, äh!«. Solche Geschichten erzählten wir uns vor ein paar Tagen, und Evelyn setzte sich ungeladen dazu und fragte Ingo: »Magst die

Rothaarigen? Die san rassig, gell?« – »Es geht hier überhaupt nicht um Haarfarben. Du kennst doch gar nicht die ganze Geschichte. Kommst mitten drin rein und fragst mich, ob ich auf Rothaarige stehe.«

Das hätte man bestimmt auch weniger grob sagen können. Aber Evelyn ist eine, die es nicht merkt, wenn sie nervt. Und wenn man sanft die Einhaltung gewisser Regeln einfordert, nützt das gar nichts. Sie hält das für einen Witz. Es gibt eben Menschen, die kann man nicht bremsen oder ins Leere laufen lassen. Die hören nicht freiwillig auf, denen muss man schon einen Prellbock in den Weg stellen oder sie mit Gewalt aus den Schienen heben.

Was macht also eine wie Evelyn nach ihrem unqualifizierten Haarfarben-Störversuch neulich Abend? Hält sie die Klappe? Sie legte noch einen nach. Belauschte weiter unser Gespräch, schnitt sich eine Scheibe von meinem Laib Brot herunter, wischte damit die restliche Soße aus Jens' Teller und fragte mit vollem Mund. »Wo in Belgien liegt denn eigentlich dieses Kopenhagen? Direkt an der See?«

Kann man sich ja vorstellen, wie wir geguckt haben. Zuerst hält man das für einen miesen Witz, dass jemand nicht weiß, wo Kopenhagen ist. Evelyn meinte das aber vollkommen ernst, die hat wirklich keine Ahnung. Ist mir auch unangenehm, aber so ist es nun mal. Sie stellt dann nicht nur so eine beknackte Frage, das kann mal passieren, dass man auch etwas ganz Einfaches nicht weiß – sie lacht dabei auch noch so leer, dass man merkt, ist ihr eigentlich auch egal.

Das ist der Typ Frau, der denkt, Männer stehen auf dumme Hühner. Und deshalb sagt Ingo Schröder, am meisten geht ihm Evelyns Dämlichkeit auf die Nerven. »Wenn man nicht so

schlau ist, sollte man ab und zu die Schnauze halten!«, sagt er. Ich lade ihn für den Abend zum Essen ein. Jens hat gesagt, Evelyn trifft sich mit einer Freundin. Das ist unsere Gelegenheit, ihn in die Mangel zu nehmen. Als Ingo kommt, ist Jens noch in der Garage. Ich fange an zu kochen. Zuerst stampfe ich Knoblauch für die Nudelsoße. Das ist ein Geheimtipp aus Anatolien. Kann ich nur empfehlen. Mein Opa hatte eine türkische Putzfrau, die machte ihm mittags manchmal was warm, wenn sie mit dem Feudeln schnell fertig geworden war. Ayshe hieß die, glaube ich. Sie war noch ziemlich jung. Ich mochte ihre Tätowierung: Auf der rechten Schulter trug sie ein Porträt von Kemal Atatürk. Ayshe empfahl Opa, mehr Knoblauch zu essen. Macht deine Arterien gut sauber wie Ayshe dein Bad, sagte Ayshe und zeigte ihm gleich noch, wie man möglichst viel herausholt aus den Zehen.
Den Knoblauch in ein kleines Gefäß geben, einen halben Teelöffel Salz drauf, klein stampfen und zehn Minuten ziehen lassen. Schmeckt super. Und scheint wirklich zu helfen, Opa ist inzwischen immerhin fast hundert. Ich schneide Zwiebeln und brate sie. Der Knoblauch muss ja noch ziehen. Wir mochten Ayshe, Opa und ich. Leider putzt sie nicht mehr bei Opa. Neulich hörte ich, ihr Freund soll ein Fischrestaurant in Kiel aufgemacht haben. Da soll sie jetzt aushelfen.
Ich stelle das Essen gerade auf den Tisch, als Jens hereinkommt. Wie er das immer riecht! Und wer kommt ihm hinterher gedackelt? Natürlich seine Kärntner Amour Fou. Ich sehe Mordlust in Ingos Augen. Was ich spüre, ist mehr Verzweiflung und ohnmächtige Wut. Die lässt uns ja wirklich keine Ruhe.
»Ich war mit einer Freundin verabredet!«, sagt sie. – »Lass dich nicht aufhalten!« – »Mir ist mehr nach einem gemütlichen

Kuschelabend!«, und dabei lehnt sie sich an Jens und schaut zu ihm hoch, sehr hoch, denn sie ist ja extrem klein, und dass sie auf meinem dreibeinigen Melkschemel sitzt, macht sie nicht größer. »Aber doch nicht hier! Das sollte ein Jungsabend werden.« Ingo und ich sind entsetzt. Jens guckt hilflos.

Er scheint auch nicht recht zu wissen, wo die Reise mit Evelyn hingeht. Also wieder ein verkorkster Abend. Ich haue Jens und Ingo die Teller voll, dann meinen, wir stoßen an und essen. »Das sieht aber wahnsinnig lecker aus«, sagt Evelyn. »Das ist wahnsinnig lecker!«, sagt Ingo. Jens und ich grunzen Zustimmung. Corinna kommt auch noch herein, setzt sich, ich gebe ihr einen Teller und fülle reichlich auf. Sie findet meine Nudeln auch lecker. »Isst du nichts?«, fragt sie Evelyn.

Evelyn sieht Jens an, aber der kann ja sehr unbeeindruckt sein. Er spürt, wie wir über Evelyn denken, und da will er jetzt natürlich Haltung zeigen und sich nicht ausgerechnet vor uns von den dunkelbraunen Augen seiner österreichischen Bergziege weich machen lassen. Er steht nicht auf, ihr einen Teller zu holen. Also lächelt sie, als sei das alles nur ein Spaß.

11

Dann knufft sie mir auf die Schulter. Gut, kann man machen, denke ich. Sie knufft mir wieder auf die Schulter. »Des tut doch net weh, gell?!« Sie knufft weiter. Wir Jungs sehen uns an. »Ist gut jetzt!«, sage ich. Sie knufft wieder und wieder. Ich lege meine Gabel sorgfältig neben den Teller, tupfe mir mit der Serviette über den Mund und sage: »Evelyn, ist gut jetzt. Ich hau dich sonst gleich vom Hocker!« Evelyn knufft. Ingo sagt: »Evelyn, ich würde aufhören. Der schlägt gleich zu!« Wieder auf die Schulter. Jens sagt: »Der haut wirklich. Und er hat diese 20-Prozent-Regel: Wenn eine Frau ihn mit 20 Prozent ihrer Kraft schlägt, haut er mit 80 Prozent seiner Kraft zurück, um das natürliche Energiegleichgewicht wiederherzustellen!« Dabei habe ich noch nie eine Frau geschlagen. Wieder auf meine Schulter. »Na, du schlagst doch kei Frau!« Sie knufft noch ein paar Mal. Dann stelle ich die Energiebalance wieder her.
Wenn es drauf ankommt, kann ich durchaus auch mal schnell sein. Und jetzt kommt es drauf an. Jetzt bündeln sich die Demütigungen der letzten Tage in wenigen Bewegungen. Ich schlage ihr mit der rechten Hand ins Gesicht, und ich schlage hart. Ich schlage, weil sie mir die Schulter gerieben hat und weil sie meinen Kaffee getrunken hat, ich schlage, weil ich ihretwegen nicht mit Ellen geschlafen habe. Und ich schlage, weil sie mich so weit gebracht hat, eine Frau zu schlagen.

Meine ganze Wut entlädt sich in dieser einzigen Ohrfeige, und gleichzeitig trete ich mit dem rechten Bein den Hocker unter ihrem Hintern weg. Der Hocker fällt um. Evelyn plumpst in ihrer ganzen Schwere auf den Boden. Sie liegt auf dem Boden wie ein dicker Käfer auf dem Rücken und guckt trotz der vielen Warnungen überrascht. »Ham wir dir ja gesagt!«, sagt Ingo. Corinna schleicht in ihr Zimmer. »Lasst mal fernsehen!«, sagt Ingo. Aus Jens' Zimmer können wir hören, wie Evelyn in der Küche klappert. Hoffentlich nimmt sie die Bürste zum Abwaschen. Jens schwört auf Lappen, aber ich finde, Bürsten arbeiten viel gründlicher.

Umschlaggestaltung: Michel Keller, München
Satz: Schuster & Junge, München
Druck + Bindung: Pustet, Regensburg
ISBN 3-88897-320-1
1 2 3 4 5 · 05 04 03